JN050618

「ここが、UPOの世界か」
辺りを見渡すと、西部劇で見たことがある昔のアメリカと似た町並みが広がっている。
周囲にはプレイヤーが大勢いて、この瞬間も新たなプレイヤーが次々に出現しては、感動したり興奮したり辺りをキョロキョロ見渡したりと反応は様々。
「お待たせ、トーマ！」

トーマ
本名：桐谷 斗真（きりや とうま）
将来は実家の町中華を継ぐため、
修業に没頭してきた
料理ガチ勢な高校生。
クラスメイトの美少女四人に頼まれて、
UPOをはじめたゲーム初心者。

セイリュウ
本名：能瀬 静流（のせ しずる）
文学少女系な美少女だが、
本よりゲーム好き。
好物は麺類。
カグラ
本名：桐生 美蘭（きりゅう みらん）
お嬢様系美少女だが、
正体は重度のゲーマー。
甘いものに目がない。
メェナ
本名：長谷 瑠維（はせ るい）
クラスの学級委員長。
ゲーム世界に入ると
バーサーカーに!?
辛いものが大好物。
ダルク
本名：杉浦 早紀（すぎうら さき）
トーマの幼馴染で一番の理解者。
大大大の揚げ物好き。

「「「いただきます」」」

「ふおおおおおっ！

サクサクした良い歯応え、
溢れてくる肉汁！

やっぱり唐揚げ様はサイコーだよ！」

クラスメイトの美少女四人に頼まれたので、VRMMO内で専属料理人をはじめました

斗樹 稼多利

ILL. 中林ずん

口絵・本文イラスト　中林ずん

CONTENTS

第一章　ログインすることになった

高校へ入学して一ヶ月が経とうとしている四月末、俺こと桐谷斗真の日常は強制的に少しだけ変化させられた。

「「「「お願いします、ご飯作ってください！」」」」

登校したばかりの教室でクラスメイトの女子四人から、突然そんな事を言われたらどう反応すればいいんだろうか。

言われたことの真意がまったく分からないから、当人達へ確認を取る。

「えっと、どういうことだ？」

「そのままの意味だよ！　トーマ！」

あだ名呼びで断言するのは、家が近所で幼稚園から付き合いのある幼馴染の杉浦早紀。

重度のゲーマーな僕っ子で、昔からゲームの相手をさせられてきた。

そのままの意味って、空腹の早紀達から飯をねだられていると受け取っていいのか？

「早紀ちゃん。そのままの意味だと、お腹を空かせた私達が桐谷君にご飯をねだっているみたいだよ」

俺の考えそのままのことを言うのは、本当に高校生かってくらい背が低い能瀬静流。

中学からの友人で、大人しそうな外見からは文学少女の雰囲気が溢れているけど、本よりも携帯ゲーム機を手にしている姿の方が圧倒的に多い、早紀のゲーム仲間だ。

「えっ？　そう？」

「事情を知らなかったら、他にどう受け取れっていうのよ」

首を傾げる早紀に呆れるのは、眼鏡委員長をそのまんま体現している長谷瑠維。

まあ実際に学級委員長なんだけどな。

でもってこちらも、中学からの友人で早紀のゲーム仲間でもある。

「あらあら、言われてみればその通りね。なんだか恥ずかしくなってきたわ」

見た目と喋り方がお嬢様っぽいけど、一般家庭出身で重度のゲーマーな桐生美蘭が、赤くなった頬に両手を添えて恥ずかしそうに体を左右に振る。

……デカいから、体を振るのに連動してユサユサ揺れている。何が、なのかは察してくれ。

ちなみにこいつも、中学からの友人で早紀のゲーム仲間だ。

「えっと、それでね、桐谷君。私達が言いたいのは……」

能瀬の説明によると、約一ヶ月後に本サービスが始まるフルダイブ型のＶＲＭＭＯを一緒にプレイして、そこでの食事を作ってほしいとのことだ。

なんでもそのゲーム、「アンノウン・パイオニア・オンライン」。通称ＵＰＯは飲食をして満腹度や給水度っていうのを回復する必要がある。

ところが、ＮＰＣっていうのが作った料理や食材単体は、肉や魚のような動物系だと生臭く、野菜や穀物といった植物系は青臭く感じるように設定されているそうだ。

特に両方を使った料理はすさまじく、口に入れたら両方の臭みをよりいっそう強く感じて地獄なんだとか。

そうした食事を避ける唯一の方法は、プレイヤー自身が料理を作ること。

だけど調理するプレイヤーには、実際の調理の腕前が求められているらしい。

「で、俺に目をつけたわけか」

「そうなんだよ。お店を継ぐために料理修業しているトーマになら任せられるから、僕達の楽しいゲームライフのために協力して！　この通り！」

両手を合わせた早紀が頭を下げると、桐生と能瀬と長谷も頭を下げた。

確かに俺は実家が町中華の店をしている影響で、幼い頃から料理に関心を持っている。

最初は祖父ちゃんと父さんへの憧れだったのが、やがて店を継ぎたいと真剣に思うようになって、今では修業を兼ねて店を手伝っているから、料理の腕には多少自信がある。

「どうかお願いできないかしら」

「ゲームとはいえ、不味いご飯ばかり食べるのは嫌なの」

「料理上手な桐谷君になら任せられるから、どうか頼まれてくれないかしら」

桐生と能瀬と長谷が懇願するとは珍しい。

四人はゲーム好きっていう共通点があるから、ＵＰＯとやらに興味を持つのは分かる。

中学時代は、たまに早紀の家でゲームして遊んだりゲーム談義をしたりした後、毎回のようにうちの店へ飯を食いに来ていたし、高校に上がってからもそうした関係が続いている。

だからこの四人は俺が料理できることと、その腕前をよく知っている。今回はその腕前を買われてのお願い、ということか。

まあ知らない仲じゃないし、未熟なのを承知で俺の腕を求めてくれるのはちょっと嬉しいから、協力していいとは思う。

でもその前に、確認しておきたいことがある。

「本サービスがまだ始まっていないのに、なんでそんなことを知っているんだ？」

早紀にゲーム相手をさせられてきたから、本サービスがどういうことかくらいは分かる。

それがまだ始まっていないのに、どうしてそのことを知っているんだろうか。

「私達、β版をプレイしたのよ」

早紀に付き合わされて覚えてしまったゲーム知識通りなら、β版っていうのは一種のテストプレイで、本サービス開始前にユーザーにプレイしてもらうことで、不具合の発見や本サービスに向けた調整をするためのものだったはず。

「最初はさ、料理だけでなく食材単体でも美味しかったんだよ」

ところがβ版をプレイできる期間が終盤に差し掛かろうとした頃、運営から本サービスへ向けた新たな方針として、プレイヤー作の料理以外は動物系が生臭く、植物系が青臭く感じるように設定すると発表された。

同時に発表された理由によると、これまでに集めたデータからＵＰＯも他のＭＭＯと同様に戦闘が重視され、生産活動も武器や防具や薬といった戦闘に準ずる物ばかり作られる傾向にあることが判明。

特に料理は、満腹度と給水度を満たせばいいという傾向が強く、とても軽視されていた。

そのため、ちゃんとした料理で食事をすることがどれだけ重要なのかを知ってもらい、料理という生産活動にも真剣に取り組んでもらうために、味や香りに関して厳しく設定し、さらにプレイヤー自身の調理の腕前を求めることにしたそうだ。

「それでね、プレイヤーにそれを実体験してもらうために、事前予告付きでβ版の終盤から味の設定が変更されたのよ」

「最初は、ちょっと我慢すればいいと思っていたんだけど……」

「満腹度を回復するためとはいえ、美味しくない食事が続くと……はぁ……」

クールで通っている長谷が遠い目で溜め息をつくなんて、よっぽど辛かったんだな。

「そういう訳で、本サービスでは美味しいご飯を食べたいから、こうしてトーマに頼んでいるんだよ！」

「勿論、タダでとは言わないわ。今ならもれなく、静流ちゃんとのデートが付いてくるわよ」

なんか桐生がさりげなく、生け贄のように能瀬を差し出したぞ。

「なんで私なの⁉　普通そこは自分じゃないの⁉」

「だって、私みたいなゲームが好きなだけの子とデートしても、つまらないじゃない？」

そんなことはないぞ。桐生とデートしたい男が、このクラスだけでも何人いることやら。

「今なら僕と瑠維とのデートも付けるよ！」

「勝手に私まで付けないでよ⁉」

……なんかこのままじゃ収まらないし、周りの視線も痛いからそろそろ止めるか。

「別にいいぞ。礼が無くても協力する」

「「「「本当に⁉」」」」

　肯定したら四人とも表情が明るくなった。

　どうせ駄目と言っても早紀が延々と駄々をこねて、最終的には根負けする未来が待っているだろうから、さっさと承諾した方が良い。

　一度駄々をこねだしたら教室や帰り道どころか、店にも部屋にも乗り込んでくるし、翌日まで引っ張ったこともあったぐらいだ。

　そんな目に遭うぐらいなら、早々に承諾した方がマシだと俺は学習している。

　そもそも、協力していいとは思っていたからな。

「で？　そのＵＰＯっていうのは予約とか必要なのか？」

「必要というか、人数が限られているから抽選に当たらないと入手自体無理」

　おい待て。入手が運任せなのに協力を頼みに来たのか？　普通そこは、確実に入手できることを前提に頼むんじゃないのか？

　そしてお前達だって、抽選に当たらないと入手できないってことじゃないか。

「あっ、私達は大丈夫よ」

「β版に参加したプレイヤーには、当人が望むなら本サービス開始時からの参加権が貰えるのよ。私達は全員それを望んだから、問題無く参加できるわ」

そっちはそれでよくとも、こっちが運任せなのには変わりない。

「はぁ……。協力すると言った以上、応募はする。抽選に外れても文句言うなよ」

「大丈夫だよ。桐谷君も本サービス開始から参加できるから」

なんでだ？　ついさっき、抽選に当たらないと無理だって言っただろう。

「ふっふっふっ。実はβ版に参加したプレイヤーには、本サービス開始時からの参加権とは別に、もう一つ特典が貰えるのさ」

胸を張った早紀が意味有り気に語りだしたけど、そういうのはいいから早く言え。

「特典にはいくつか種類があるんだけど、その中の一つに本サービスへの参加権を断った人の枠を、参加権を望んだプレイヤーへ友人参加枠として与えるっていうのがあって、静流がそれに当たったんだよ！　トーマには、それを使ってもらうよ！」

早紀と桐生と長谷に拍手されて、能瀬が照れくさそうにしている。

つまり俺は、その友人枠を使ってＵＰＯをプレイするってことか。

ちなみに早紀は装備品の引き継ぎ、桐生は所持金の引き継ぎ、長谷は回復アイテムの引き継ぎが、それぞれの得た特典らしい。

「トーマの承諾も取れたし、これで準備は万全だね」

「ええ、サービス開始が楽しみだわ」

「ありがとう、桐谷君」

「我慢して美味しくない食事をせずに済んで、安心だわ」

安心しているところを悪いけど、まだうちの家族っていう障害が残っているぞ。

俺が協力を承諾して参加権が用意されていても、家族が反対すればそこまでだ。

早紀によって覚えてしまった知識通りなら、MMOはオンラインゲームだったはず。

そうなれば通信料とかの金銭面で親の協力は必須だし、そもそもゲームにかまけて他を疎かにしかねないからと、ゲームそのものが許されない可能性だってある。

ところが、うちの家族には既に根回しをしていたようで、昔から料理以外には碌に興味を示さない俺を、少しは遊ばせてやってくれと言われて承諾を得てあるそうだ。

早紀の奴、どうしてゲームに関してはこうも行動力があるんだ。

「というわけでトーマ。昼休みにUPOのレクチャーをするから、よろしく」

「……分かった」

こうしてUPOをプレイすることが決まったんだけど、ゲーム内での食事を作ってくれれば、戦闘は一切しなくていいと言われた。

「それでいいのか?」

「こういうゲームは、やりたい事や好きな事をやってナンボだからね」

オンラインゲームのことはよく知らないけど、そういうものなんだな。

＊＊＊＊＊

ＵＰＯをプレイすることが決まって約一ヶ月後の五月末、本サービスの開始日を迎えた。

今日は土曜日だから、できれば厨房に立って店を手伝いたい。

でも早紀達と約束しているし、家族からは気にせず遊んで来いって言われた。

そうした家族の協力により必要な物は全て揃い、早紀達に教わった通りに設定やユーザー情報の入力を済ませ、ログインできる準備が整った。

「最後にヘッドディスプレイを被って……」

ヘルメットみたいなこれを被ってベッドへ横になり、側面にあるスイッチを入れる。

事前に能瀬から教えてもらった、友人枠でのログインＩＤとパスワードの確認が行われ、認証されたら意識が沈み込んでいく。

『アンノウン・パイオニア・オンラインへ、ようこそ。未知なる世界の開拓者を歓迎します』

未知なる世界の開拓者ね。アンノウンは未知、パイオニアは開拓者って意味だったな。

『それではまず、あなたのお名前を入力してください』

目の前に表示された、キーボードのような画面。入力方法はローマ字入力で、文字変換や半角全角の切り替え、大文字小文字もできるようだ。

集合する時に分かりやすいよう、既に名前を決めて早紀達には伝えてあるし、向こうの名前も聞いてある。だから伝えた通り、早紀が昔から呼んでいるあだ名のトーマと入力する。

『新たな開拓者はトーマと名付けられました。キャラクターを作成します』

案内の直後、俺とそっくりな顔と体つきをしたキャラクターと、選択項目が表示された。

選択項目から種族と職業を選び、与えられた初期ポイントを早紀達からの助言に従ってスキルの習得や能力へ割り振り、この世界における俺の分身であるトーマを完成させる。

名前：トーマ　　種族：サラマンダー　　職業：料理人
レベル：1　　HP：13／13　　MP：8／8
体力：8　　魔力：3　　腕力：9　　俊敏：5
器用：10　　知力：6　　運：4

職業スキル：食材目利き
スキル
調理LV1　発酵LV1　醸造LV1　調合LV1　乾燥LV1
装備品
頭：布のバンダナ　上：布のロングシャツ　下：布のロングパンツ
足：革の靴　他：布の前掛け　武器：鉄の包丁

選んだ種族はサラマンダー。

このゲームのサラマンダーは火の蜥蜴だから、赤い尻尾と鱗が生えて、髪と目が赤に変化した。鱗は両腕と両脚と首と背中に生え、服を着ていると首元と手の甲の鱗しか見えない。

中華料理は火が命だからサラマンダーを選んだけど、まあ悪くないんじゃないかな。

種族によっては体つきや老幼も変化するそうだけど、特に拘りは無いからこれでいい。

ただ、選べる種族の中にリザードマンがあって、同じ蜥蜴でもどう違うのか気になって選んでみたら、赤い箇所が濃い茶色になるだけという拍子抜けだったのはがっかりだ。

種族的な特徴以外なら外見に手を加えられるようだけど、これもそのままでいい。

職業は当然、料理人だ。自動的に与えられる職業スキルはともかく、通常のスキルは料理に関係しそうなものだけを選んだ。

そのスキルに関して早紀達から、スキルを習得するために必要なポイントは職業に近ければ少なくて、逆に遠ければ多く必要になるって聞いていたけど、実際にその通りだった。

職業が料理人だから調理は一ポイントなのに対し、剣術や槍術は十五ポイント必要で、さらに種族がサラマンダーだから、火属性以外の魔法や耐性は習得不可になっていた。

不思議だったのは調合と乾燥で、調合はタレやソースを作るのに、乾燥は乾物を作るのに使えそうだから習得したけど、平均五ポイントなのにどちらも八ポイント必要だった。

「とにかく、これで完成だな」

念のため確認をしたら最後に完了ボタンを押し、キャラクターの作成は終了。

意識が一瞬途切れ、たった今作り終えたキャラクターと意識が繋がった。

体に変な感覚は無く、尻尾や鱗があることにも違和感は無い。

だけど、尻尾に触れてみると妙な感覚が伝わってきて身震いした。

「次は設定か」

目の前に表示されている設定に目を通し、変更する箇所は変更する。

残酷な描写は無しにして、環境による暑さや寒さを感じるリアリティ設定は有り、他のプレイヤーを攻撃して倒すＰＫっていう行為をされず、自分もできなくなるＰＫ禁止の項目にはチェックを入れておくように言われたからそうして、戦闘する気が無いならＰＶＰも拒否できるようにした方がいいと言われたから、これにもチェックを入れておく。

　そうやって必要な設定を終えたら完了ボタンを押す。

『最後にチュートリアルと注意事項の説明を行います。後ほどヘルプ画面から閲覧可能ですが、お聞きになりますか？』

「当然、イエスだろ」

　知らずに何か悪いことをしたら厄介だから、こういうのはちゃんと聞いておきたい。

　というわけで長々としたチュートリアルと注意事項に耳を傾け、それを聞き終えたら目の前が色彩豊かな輝きに包まれていく。

『以上でチュートリアルと説明を終了します。新たな開拓者よ、未知なる世界へ案内します』

　輝きによって視界が包まれて数秒後、気づけば町中の広場らしき場所に立っていた。

「ここが、ＵＰＯの世界か」

　辺りを見渡すと、西部劇で見たことがある昔のアメリカと似た町並みが広がっている。

　周囲にはプレイヤーが大勢いて、この瞬間も新たなプレイヤーが次々に出現しては、感動したり興奮したり辺りをキョロキョロ見回したりと反応は様々。

「しかし、西部劇っぽい世界観か」

ゲームの舞台は大抵が西洋っぽいから、こうした西部劇風は珍しいな。

開拓時代を考えれば不思議じゃないんだろうけど、こんな雰囲気の中に鎧姿の剣士やマントを羽織った魔法使いがいるっていうのは、どうなんだろうか。

……普段着にバンダナと前掛け姿の俺が言えることじゃないか。

それにしても、肌に感じるそよ風といい太陽の眩しさといい、現実とほとんど変わりないんじゃないか？　これがゲームの中だなんて、技術の進歩はたいしたもんだ。

「トーマー、どこにいるのさー」

あの呼び方は早紀か。どうやら俺を捜しているようだ。

「こっちだ」

「おっ、発見！」

呼びかけたら向こうもこっちに気づき、駆け寄ってきた。

既に他の三人とは合流していたようで、四人が横並びに立つ。

外見は少々変化しているものの、顔の作りで誰が誰なのか一目で分かる。

「お待たせ、トーマ！」

元気よく手を上げる、額当てを巻いて黒い鎧を纏う早紀ことダルク。

髪と目が茶色になって頭に獣耳があるけど、あれはなんだ？

「ふふっ。これで全員揃ったわね」

ニコニコ微笑む桐生ことカグラは、丸くて薄い金属があるだけの冠をかぶった巫女姿。

そういう職業なんだろうけど、西部劇の風景と全く合っていない。

というか、胸の大きさまで現実と同じなんだな。

「よ、よろしくね」

金髪で透き通るような青い目になっている、能瀬ことセイリュウが一礼する。

現実とほぼ変わりない小さな体にマントを羽織って、スカートを穿いて三角帽子を被っている姿からして魔法使いなんだろうけど、これも周囲の風景にあまり合っていない。

おっ、耳が長くて尖っているな。確かエルフっていうのに、そういう特徴があったな。

「その外見だと、種族はサラマンダーにしたのね」

犬っぽい耳と尻尾が生え、髪と目が灰色になった眼鏡無しの長谷ことメェナが頷く。

服装は布製のへそ出しハーフシャツと生足むき出しのショートパンツ、それに革製の籠手と胸当てを付け、頭にはハチマキを巻いている。これだけじゃ、職業は何か分からないな。

「料理人の初期装備はそんな感じなんだ。トーマが店でしている恰好と変わらないね」

「ほっとけ」

うちのような普通の町中華の店なら、料理に髪が入らないよう頭にタオルを巻いて、店名入りの前掛けをすれば十分だ。

「ねえ、ここで話していたら邪魔になるから、端に寄って話しましょう」

メェナの提案で広場の端に寄り、まずはパーティーを組んで互いのステータスを確認することになった。

で、パーティーってどう組むんだ？

えっ、そっちが申し込むから了承をしてくれればいい？　了解。

第二章　案内された

ダルクから申し込まれたパーティー申請に了承する。

こうしてパーティーを組んで許可を出せば、本来は本人しか見られないステータスを、パーティーメンバーに見せられるそうだ。

他にも見せ合う方法はあるけど、仲間内ならこれが手っ取り早いんだとか。

「じゃあまずは、トーマが見せて」

「はいはい」

ウィンドウっていうのを開いて、操作方法を教わりながらステータスを表示してダルク達が見やすいように前後を反転させると、前のめりになって確認しだした。

「ふむふむ。まあ、こんなところじゃないかな？」

「そうね。教えた通り、器用の数値が高めにしてあるものね」

「あっ、料理人だから職業スキルが目利き系なんだね」

「それだと何か有るのか？」

「大有りよ。あのね」

このゲームでは武器や道具や食材といったものは、名称とレア度、それと性能や効果しか表示されない。

だけど目利き系のスキルがあると、さらに詳しい情報が表示されるらしい。

ただし俺の場合は食材目利きだから、対象になるのは食材限定とのこと。

「ねえトーマ君、この発酵と醸造ってどう違うの？」

「発酵は材料を発酵させるだけ。醸造は発酵させたものから、醤油とか味噌を作ることだ」

漬物や納豆は発酵させるだけ、味噌や醤油は発酵させた物を醸造するって感じだな。

「ていうか、調合と乾燥のスキルを取ったの？　なんで？」

なんでもなにも、タレやソースや乾物を作るのに役立つと思ったからだよ。

ところがそのことを伝えたら、調合と乾燥は薬を作るためのスキルだと言われた。

「薬を作るのも調合って言うじゃない。ゲームでの調合って、大体が薬のことを指すのよ」

「乾燥も、薬草や薬用の素材を乾燥させるのに使うしね」

そうか、だから習得に八ポイントも必要だったのか。

名称で決めつけず、しっかり調べるべきだったな。

そう思ったんだけど、ダルク達にさほど気にした様子は無い。

「別にいいんじゃない？　肝心(かんじん)の調理は取ってあるんだし」

「そうね。私達にとって重要なのは、それだからね」

「ご飯、よろしく」

「約束通り、食費と報酬(ほうしゅう)は出すし、食材になりそうな物を入手したら渡(わた)すから」

「ああ、うん。分かった」

ダルク達がこう言っているのなら、それでいいのかな。

「じゃあ次は、僕のステータスを見せるね。さあ、ご覧あれ！」

ご覧あれときたか。

はてさて、どんなステータスをしているのやら。

名前：ダルク　種族：熊人族　職業：剣士
レベル：１　ＨＰ：２０／２０　ＭＰ：４／４
体力：１０　魔力：２　腕力：１０　俊敏：４
器用：７　知力：４　運：３
職業スキル：剣閃(けんせん)
スキル

剣術ＬＶ１　盾術ＬＶ１　挑発ＬＶ１　釣りＬＶ１
装備品
頭：黒鉄の額当て　上：蜘蛛布のロングシャツ　下：蜘蛛布のロングパンツ
足：狼革の靴　　　他：黒鉄の鎧　　　　　　　武器：黒鉄の剣　黒鉄の盾

頭に生えている獣耳は熊だったのか。

特典とやらでβ版の装備品を引き継いだから、見た目からして俺達や周囲に比べて装備品が充実しているのは分かるけど、どれだけ良い物なのかよく分からない。

あと、なんで釣りスキルを取っているんだ。

「釣りスキルを取ったのはなんでだ？」

「美味しい魚料理を食べたくなった時、使えるかなって思って！」

うん、ダルクはこういう奴だった。

ちなみに職業スキルの剣閃は、剣で相手を攻撃した時のダメージ量が増えるらしい。

「次は私ね」

名前：カグラ　　種族：人族　　職業：巫女

レベル：１　ＨＰ：１０／１０　ＭＰ：１４／１４
体力：３　魔力：９　腕力：２　俊敏：４
器用：８　知力：９　運：５
職業スキル：舞踊(ぶよう)
スキル
光魔法ＬＶ１　祝詞(のりと)ＬＶ１　扇術(せんじゅつ)ＬＶ１　祈祷(きとう)ＬＶ１
装備品
頭：巫女の冠　上：布の巫女服　下：布の袴(はかま)
足：藁(わら)の草履(ぞうり)　他：布の足袋(たび)　武器：竹の扇×２

服装で分かっていたけど、やっぱり職業は巫女か。

しかし、よく分からないスキルが多いな。舞踊に祝詞に扇術に祈祷ってなんだ？

「なあ、この四つってどういうスキルなんだ？」

「舞踊は舞(まい)を踊(おど)って味方の能力を向上させるバフ系のスキルで、祝詞は味方が状態異常になる確率を下げるスキル、扇術は扇で戦うためのスキルで、祈祷はモンスターとのエンカウント率を下げて遭遇(そうぐう)しにくくするスキルよ」

舞踊と祝詞は味方の援護（えんご）をするスキルで、祈祷は戦闘回避（せんとうかいひ）のためのスキルってことか。

しかし扇で戦うって、どうやるんだ？　閉じた状態で、バシッて叩（たた）くのか？

「次は私だね。はい、どうぞ」

名前：セイリュウ　種族：エルフ　職業：魔法使い
レベル：１　ＨＰ：９／９　ＭＰ：１７／１７
体力：３　魔力：９　腕力：３　俊敏：５
器用：７　知力：９　運：５
職業スキル：魔力加乗（まりょくかじょう）
スキル
水魔法（みずまほう）ＬＶ１　採取ＬＶ１　応急処置ＬＶ１　精神統一ＬＶ１
装備品
頭：布の三角帽（ぼう）　上：布のロングシャツ　下：布のスカート
足：革の靴　他：布のマント　武器：木の杖（つえ）

魔法使いなのに、習得した魔法スキルは一つだけなのか。

なにかしら考えがあるんだろうから気にしないとして、応急処置ってどういうスキルだ。

「この応急処置って、怪我した時にするあれか？」

「違うよ。怪我の治療じゃなくて、武器や防具の修理をするスキルだよ」

なんでもこのスキルを使えば、減少した武器や防具の耐久値を少し回復できるらしい。

そうすることで戦闘中に武器や防具が壊れるのを防いだり、町へ着くまで武器と防具を持ち堪えさせたりするとのこと。

「精神統一は立ち止まっていれば魔力の自然回復速度を上げるスキルで、採取は道に生えている植物や木の実を採るためのスキル、職業スキルの魔力加乗は魔法を使う時にＭＰを追加で注ぐことで、使う魔法の威力や効果を高めるスキルなの」

聞いてもいないスキルの解説、ありがとう。

「ところで、なんで名前がセイリュウなんだ？」

「本名の読み方を変えただけ」

本名の静流の読み方を……。ああ、確かにセイリュウって読めるか。

「最後は私ね」

名前：メェナ　　種族：狼人族　　職業：拳闘士

レベル：1　ＨＰ：18／18　ＭＰ：6／6
体力：9　魔力：2　腕力：9　俊敏：9
器用：7　知力：5　運：2
職業スキル：不屈
スキル
拳術ＬＶ1　蹴術ＬＶ1　連撃ＬＶ1　回避ＬＶ1　気配察知ＬＶ1
装備品
頭：布のハチマキ　上：布のハーフシャツ　下：布のショートパンツ
足：革の靴　他：革の胸当　武器：革の籠手

職業は何かと思ったら拳闘士か。そして犬じゃなくて狼なんだな。

それにしても、習得してあるスキルが見事に戦闘向けばかりだ。

「メェナ、ストレス溜まっているのか？」

「どういう意味よ⁉」

ゲームで思いっきり戦ってストレス発散したいのかなと思った、ただそれだけだ。

それを伝えたら違うと否定され、単に思いっきり戦闘を楽しみたいからだと言われた。

つまりメェナにとって、戦うことが楽しむことに繋がるのか。

なお、職業スキルの不屈は相手の攻撃による怯みや、後退させられるノックバックっていうのをしなくなるスキルとのこと。

「さてと。これで確認は済んだから、次はトーマのために町を案内しよう!」

「どこに何があるのか分かるのか?」

「β版と変わってなければ大丈夫よ。その確認も兼ねているしね」

そういった理由で町中の散策が開始され、道中でステータス画面からできる操作や機能を教わったり、MMOにおける注意点やマナーのおさらいをしたり、連絡が取りやすいようにフレンド登録をしたり、最新のAIでNPCも人間のように反応すると教わったりした。

「ちなみに、この町の名前はファーストタウンだよ。最初だからファースト、安直で覚えやすいでしょ」

否定しないけど、そういうことを言うんじゃない。

ちなみにゲームが始まったばかりだから、店はNPCが運営しているところしかないらしく、プレイヤーが開く店はこれから増えていくだろうとのことだ。

「ここが武器屋なのは変わっていないね」

「防具屋も同様ね。掲示板によると、冒険者ギルドは場所が変わっているみたいよ」

「あっ、トーマ君の所属ギルドはどうする？」

「お料理してもらうんだし、やっぱり料理ギルドじゃないかしら？」

　どんどん話が進んでいるけど、よく分からないから余計な口は挟まないでおこう。

「そうだね。じゃあトーマ、料理ギルドに行ってサクッと登録しようか」

「それは必要なことなのか？」

「絶対にやらなきゃいけないことじゃないけど、やっておいた方がお得よ」

　メェナの説明によると、ギルドに登録しておけば町の外でモンスターを倒したり採取したりするのとは別に、金や素材を入手できる依頼を受けることができたり、そのギルドに関係する職業やスキルに役立つ物が割安で購入できたりするらしい。

　どのギルドもプレイヤーの職業とは関係なく登録できるそうだけど、ギルドによって依頼内容や購入物が異なる上、同時に所属できるギルドは三つまでだそうだ。

「ギルドって、そんなに種類があるのか？」

「定番の冒険者ギルドに、商人ギルド。あとはトーマに登録してもらう料理ギルドとか、鍛冶ギルドとか色々あるよ」

　職業に応じたギルドがある、というところかな。

「あっ、見えてきた。あそこが料理ギルドだよ」

ダルクが指差すのは、周囲の建物よりずっと大きい木造の建物。

入口にぶら下がっている木製の看板には、交差するナイフとフォークとスプーンが刻まれていて、屋根の上には料理ギルドと書かれた大きな看板がある。

「さあさあ、早く入ろう」

ダルクに促(うなが)されて中へ入ると、思っていたより広い割に人が少ない。

悪魔みたいな尻尾(しっぽ)とコウモリのような小さい羽が生えた少年、気の強そうな姐(あね)さん風の女性、白い髪を縦ロールにしているお姉さん。

こういった人達(たち)の頭上にあるマーカーっていうのは、プレイヤーを示す緑色をしている。

他にも何人かプレイヤーがいるものの、パッと見た感じだと十人ぐらいで、他はマーカーが黄色だからNPCなんだろう。

「わー、プレイヤー少ないね」

「そりゃあ、こういうゲームをする人の大半は戦闘目的だもの」

「次が鍛冶や錬金術(れんきんじゅつ)や製薬、あとは農業や商売ってところかしら？」

「そういう傾向だから運営が味と香りを厳しくしたのに、これが現実なのね」

要するに運営が料理に関する新しい方針を打ち出しても、料理人は不人気ってことか。

だけど俺には関係ないから、気にせず登録しよう。

さっさと受付に行ってサクッと登録したら、対応してくれたＮＰＣのおばさん職員から、料理ギルドについて説明を受ける。

料理ギルドで購入できるのは、調理器具や食材や調味料や食器。それと他のプレイヤーがギルドへ提供したオリジナルの料理レシピ。

食材や調理器具はギルドへの貢献度を稼ぐことで、種類が増える。

貢献度を上げるにはギルドで依頼を受け、それを達成しなくてはならない。

さらに、依頼を達成すれば経験値を稼ぐことができ、戦闘しなくともレベルを上げられる。

他にも別のプレイヤーへ向けて依頼を出したり、料理ギルドに所属していないと入れない施設へ入ったり、登録したプレイヤーは金やアイテムをギルドへ預けられたりできる。

「食材や調味料は、ここ以外でも買えるのか？」

「ああ、市場や商店でも買えるよ。どこでも自由に買うといいよ」

ということは、何かしら住み分けができる要素があるんだな。

こっちは安いけど品質があまり良くなくて、向こうは高いけど品質がとても良いとか。

おばさん職員に確認すると、ギルドでは在庫を確保しているから大抵の食材が安価で購入できるけど品質が低く、市場や商店だと品質は高いが品物の量や内容が変化する上に値段はギルドより高い。

低品質を安価で安定供給するギルド、高価で供給が不安定だけど高品質な市場と商店か。

「購入可能な物を知りたい」

「はいよ。今購入できるのは、こんなところだね」

リストみたいなのが表示され、指でスクロールして目を通していく。

「調理器具と食器は、一通りの物が買えるんだな」

購入可能な調理器具は包丁にまな板にフライパンに鍋(なべ)、お玉やフライ返しやトングもあるのか。できれば使い慣れた中華鍋(ちゅうかなべ)や蒸篭(せいろ)が欲(ほ)しいけど、リストには見当たらない。

「ひとまず買っておくのは、食器だけでいいと思うよ」

「そうね。ある程度の調理器具は作業館にあるから、人数分の食器があればいいかしら」

「作業館ってなんだ?」

「生産職のプレイヤーが、生産活動をする施設だよ」

なんでもそこには生産活動に必要な設備や道具がある程度設置されており、自身の店やホームという拠点(きょてん)を手に入れるまでは、そこで生産活動に勤(いそ)しむらしい。

「確かに、それなら食器だけでいいな」

買える食器を調べると、ナイフとフォークとスプーンと大きさや深さが違う木製の皿が数種類。それとこちらも木製のカップとコップだけか。

世界観が西部劇風だから無理もないけど、日本人としては箸が無いのが残念だ。

まあ、無い物をねだっても仕方ない。

祖父ちゃんもよく言っているじゃないか、無い物を求めるんじゃなくて有る物でなんとかするんだって。

ということでダルク達の言う通り、人数分の食器を予備も含めて買っておく。

「あっ、そうだ。トーマ、今から僕達のお金渡すね」

「は？」

画面を操作する寸前でダルクが妙なことを言ったので、手を止めてそっちを向く。

「なんでだ？」

「だって僕達が使う食器を買うんでしょ？　ならお金を出さないと」

「ついでに食費も出しておくわね」

「皆で食事するんだし、これで食材や調味料を買ってちょうだい」

「だったら、料理してもらうことへの報酬も前払いで渡しておくわ」

説明に納得している間に、四人から食費と報酬の前払いとして金が送られてきた。

うん？　なんかカグラからの送金だけやけに多いな。

「うふふ。特典で所持金を引き継いだから、たくさん貢いじゃった」

そういえばそんなこと言っていたな。というか、貢ぐとか言うな。

「ささっ、遠慮なく使って」

「これで美味しいご飯をお願いね」

「まだ大した食材や調味料を買えないだろうから、簡単なのでいいからね」

「美味しければ文句は言わないわ」

四人がやたら必死だ。一体、β版でどんな食生活を送っていたのやら。

とりあえず、予定通り予備も含めて食器を購入しておこう。

物と数を指定して購入すると、自動でステータス画面のアイテムボックスっていうのに購入品が収納されて、所持金から購入分の代金が引かれた。

「で、食材と調味料は……と」

続いて食材と調味料に目を通す。こちらも登録したばかりで、買える物は少ない。

食材は小麦粉とタックルラビットの肉と数種類の野菜、調味料は油と塩と砂糖と胡椒か。

せめて料理のさしすせそは全部欲しいけど、西部劇の世界観で最初から味噌や醤油があるのは、さすがにちょっと変か。

　無いものねだりはせず、調味料一式と野菜とタックルラビットの肉、小麦粉を購入する。

　購入を済ませたら金が減って、食材と調味料がアイテムボックスに収納された。

　このアイテムボックスに入っている物は劣化(れっか)せず、温度変化もしないそうだから、作りたての料理を保管するのにも役立ちそうだ。

　必要な物を買い終えたら料理ギルドを出て、今度は市場や商店を見て回る。

　既に食材も調味料も買ったから、どこで何を売っているのかを確認しながら回り、ステータス画面から見られるマップに記録をしていくだけで、商品の購入はしない。

　そうして最後に案内されたのは、俺が料理を作る拠点になる作業館。

　建物自体は大きな四階建ての木造建築で、昔の木造校舎のようだ。

「仕様が変わっていなければ、一階と二階が無料で使えるオープンスペース、三階と四階が有料の個室作業部屋だよ」

「個室?」

「一人で集中したい、仲間内だけで作業をしたいって人向けね」

「他にも、秘密の作業をするから見られたくないっていう人も利用するわね」

　ゲームでもそういうのがあるのか。

　だけどこちとら料理人の息子(むすこ)で、自身も料理人を志す身。秘伝を他人へ知られたくない気持ちは分かる。

尤も、現時点で自分オリジナルのタレを作るといった、秘密にするようなことをする予定は無いから、当分は個室とは無関係だな。

「オープンスペースと個室で使える設備は違うのか？」

「β版だと同じだったはずだけど、受付で聞いてみれば？」

「そうしよう」

分からないことは確認するのが手っ取り早い。早速、中へ入ってみるか。

「じゃあトーマ。案内するところは案内したから、僕達は行くね！」

……はっ？

「たぶん大丈夫だとは思うけど、何かあったらさっき教えた通りに私達へ連絡してね」

「迷惑行為をされたら、迷わずＧＭコールするのよ」

「暗くなる頃には帰ってくるから」

いやちょっ、待っ。

「「「じゃ、行ってきます！　ご飯よろしく！」」」

早口かつ矢継ぎ早に注意を述べると、四人は走り去ってしまった。

離れていく後姿をポカンと見つめながら、伸ばしかけた手を下ろす。

あの様子からすると、本当ならすぐにでも遊びに行きたかったのを、初心者の俺のために我慢してくれたのかな。

だったら黙って見送るべきなんだろうけど、一つ確認したいことがある。

「飯、いつ作ればいいんだ？」

今から作っていいんだろうか、それとも帰って来てから作った方がいいんだろうか。

四人の姿はもう見えないし、今から追いかけても追いつかないだろう。

そうだ、こういう時こそ道中に教わった方法で連絡しよう。

「えっと、ステータス画面を開いて、フレンドリストを選択して」

フレンド登録してあるダルク達の中から、一番まともに対応してくれそうなメェナを選択し、直接会話をするフレンドコールじゃなくて文章を送るメッセージを選択。

食事の準備はいつ始めればいいのかを尋ねる文章を書いて送信。

返事は少ししたら送られてきて、帰ってきた時に食事ができていればいい、町へ戻る前には連絡を入れるとのこと。

帰ってきた時にできていればいいと言っても、たった今別れたばかりだから当分は帰ってこないだろうし、すぐに飯を作らなくてもいいか。

そうなると時間が空くわけだけど、どうするかな。

そうだ、近くで見かけた公園にでも行って、操作に慣れる練習でもするか。

第三章　初料理してみた

到着した公園に設置されているのはベンチだけで遊具は無く、公園というよりは子供が遊ぶための広場のようだ。

木の近くでボール遊びをするＮＰＣの子供達を見ながらベンチに座り、ステータス画面を開いて操作の練習をする。

「これがこうで、こうか？」

マップを展開して拡大縮小、アイテムボックスの整理と並べ方の設定、自分の能力の表示と装備の切り替えと順番にやってみる。

おっ、バンダナと前掛けを装備したまま非表示にできるのか。外でもこれを着けたままなのはなんだし、非表示にしておこう。

この操作で前掛けとバンダナが消え、サラマンダー特有の赤い髪が晒されるけど気にすることじゃない。だってここはゲームの中、赤い髪の人なんてたくさんいるんだから。

次は最初からアイテムボックスにある、携帯食料と水を味見するため取り出す。

水は五百ミリのペットボトルぐらいの水筒(すいとう)に入っていて、これが無味なのは当然か。

一方の携帯食料は、有名な某栄養(ぼうえいよう)補助食品みたいだ。

で、肝心の味は……。うん、あいつらが必死になる理由がよく分かった。

「なんだこりゃ、酷(ひど)過ぎる」

思わず口に出してしまうほどいただけない。

見た目が似ている某栄養補助食品を青臭(あおくさ)くして、よりいっそうボソボソのパサパサにした感じとでも言おうか。いくらなんでも、この味と食感はいただけない。

飲(の)み込(こ)む気すら起きず、こういう食べ方はよくないけど水で流(なが)し込んで飲み込んだ。

「なーなー、サラマンダーの兄ちゃん。ちょっといいか？」

水と携帯食料をアイテムボックスへ戻していたら、遊んでいた子供達に声を掛(か)けられた。

「何か用か？」

「ボールが木に引っ掛かっちゃったんだよ。俺達じゃ届かないから、取ってくれよ」

子供達の中で一番背が高い、帽子(ぼうし)を前後逆にかぶった少年が自分達の後ろを指差す。

そっちを見ると、さっきこの子達が遊んでいたボールが木の枝に引っかかっている。

「分かった。ちょっと待ってくれ」

ステータス画面を閉じて木へ近づいて手を伸ばすけど、背伸(せの)びしても届かない。

ジャンプしたら指先が触れるものの、枝に角度があって幹の方へ転がって落ちてこない。

「駄目か？」

帽子の少年の一言に、他の子供達は残念そうに俯く。

これはもっと背の高い人に頼むか、踏み台か梯子を持ってこないと取れないか？

いや待てよ、そんなことしなくとも届く方法があった。

「なあ、お前はなんて名前なんだ？」

「俺か？　俺はマッシュだ」

「マッシュか。今からお前を抱き上げる。そうすれば届くんじゃないか？」

「おぉっ！　兄ちゃん、頭いいな！」

別にそこまでじゃない。でも子供相手とはいえ、褒められたのは気分がいい。

両脇に手を入れて抱き上げたマッシュが手を伸ばすと、余裕でボールに手が届いた。

そのまま枝の間が広い位置までボールを移動させ、無事にボールを取ることができた。

「やった！　兄ちゃんサンキュー！」

「どういたしまして」

「なんかお礼しないとな」

地面に降ろしたマッシュが殊勝なことを言ってくれる。

「子供がそんなの気にしなくていいぞ」

「助けてもらったらちゃんとお礼をする！　祖父ちゃんからそう教わったんだ！」

マッシュがボールを脇に抱え、胸を張ってそう告げた。義理堅いのは好ましい。

「そうだ、兄ちゃんは料理するか？」

「料理か？　するぞ」

むしろ、それを求められてこのゲームをすることになった。

「だったら俺ん家に連れて行ってやるよ。俺ん家、市場の近くで野菜売っているんだよ」

「そうなのか？　だったら、ぜひ頼む」

これは面白い展開だ。市場は見て回ったけど、その近くにも店があるのか。

何か目新しい物があればラッキーだな。

「分かった、ついて来な。皆、行こうぜ」

子供達に囲まれて連れて行かれたのは、ダルク達に案内してもらった市場の目と鼻の先にある、小さな店舗が並んでいる場所。例えるなら、小規模の場外市場という感じかな。

その中にある店舗の一つ、ベジタブルショップキッドがマッシュの家のようだ。

「ただいま。祖父ちゃん、お客連れて来たぜ」

「客だと？」

受付カウンターにいる、白髭を蓄えた禿げ頭の老人がマッシュの声に反応した。

この人がマッシュの祖父ちゃんか。ゲームのキャラクターと分かっていても迫力あるな。

ところが会釈をしながら店内を見渡すと、商品どころか棚の一つも無い。

「ああ。俺が木に引っ掛けたこのボールを取ってくれた、優しい兄ちゃんだぜ。料理するっていうから、何か売ってやってくれよ」

「そうか。おい若造、うちは注文された野菜を店へ卸売りするのが専門だが、孫が世話になった礼に余り物で良ければ安値で売ってやるぜ」

ここは卸売り専門の問屋なのか。なら受付だけで、商品が置いていないのも頷ける。

しかし孫の頼みをあっさり受け入れるなんて、この人は随分と孫に甘いんだな。

「ありがとうございます。それで、何がありますか?」

「ほれ、ここにあるのなら売ってやるよ」

受付に表示されたウィンドウの内容を確認すると、料理ギルドで売っていた野菜ばかりで期待外れかと思いきや、下の方にギルドで売ってなかった豆類やキノコ類があった。

豆類は小豆とそら豆、キノコ類はシイタケとエリンギとエノキか。品質は料理ギルドで買った野菜と同じくらいだな。

余り物だから買える量は制限されているけど、安値な上にダルク達から貰った金で全部買うことができるから、料理ギルドに無かった五品目を買えるだけ買った。

「まいどあり」

「良い物をありがとうございます」

「孫が世話になったんだ、気にするな。だが余り物が出ることはそうそうないから、頻繁(ひんぱん)に来るんじゃねぇぞ」

頻繁に来るなってことは、たまにならいいんだな。

「分かりました。では、失礼します」

「おうよ」

「またな、兄ちゃん！」

手を振(ふ)るマッシュを筆頭とした子供達と、マッシュの祖父ちゃんに見送られて店を出る。

さて、そろそろ作業館へ行って飯を作るかな。

やや早足で作業館へ向かい、西部劇の酒場にあるような両開きの扉(とびら)を開けて中へ入ると、すぐ傍(そば)に若い女性ＮＰＣがいる受付があった。

「ファーストタウン作業館へようこそ。ご利用のお客様でしょうか？」

丁寧(ていねい)に一礼する女性ＮＰＣにそうだと肯定(こうてい)し、施設の利用方法についての説明を聞いた後、気になっていたオープンスペースと個室の設備の違(ちが)いについて尋ねると、備え付けの道具や設備はオープンスペースだろうと個室だろうと同じだと言われた。

なら個室を使う必要性は無いから、オープンスペースを借りよう。

「こちらがオープンスペースの利用状況です。お好きな場所を指定してください」

前に早紀に連れて行かれたネットカフェで見た、席の利用状況みたいなのが表示された。

現在は一階で鍛冶場が一箇所、作業台が四箇所利用されていて、二階以上は利用されていない。一階の作業台が空いているなら、わざわざ二階に行くことはないし、一階を借りよう。

一階で空いている作業台を適当に指定すると、そこの利用札を手渡された。

これって完全にネットカフェ仕様じゃないか?

「備品は作業台の下の棚の中に保管してあります。では、ごゆっくり」

頭を下げる女性ＮＰＣの前を通過して奥へ進み、一階の作業場へ入る。

そこでは男性プレイヤーが鍛冶場で鉄を熱し、作業台では数人のプレイヤーが薬みたいなのを作っている。

「借りた場所は……ここか」

借りた場所を見つけて作業台を確認する。

大きさは家庭科室や理科室の机と同じくらいの広さがあるけど、流しはあれど蛇口のようなものは無く、作業台の傍らには柄杓が置かれた大きな瓶がある。
瓶には水が満タンになっていて、それをダルク達から教わった通りに選択すると、瓶の情報が表示された。

無限水瓶　レア度：3　品質：4
性能：溢れない程度にいくらでも清水が湧き出る瓶
＊持ち出し、破壊、共に不可

いいな、この水瓶。スペースは取るけど、水道代節約になるから現実でも欲しい。
しかも清水ってことは、そのまま飲めるのか？　試しに柄杓で水を掬って調べてみる。

清水　レア度：1　品質：3　鮮度：89
食事効果：給水度回復5％
そのまま飲めるただの水。料理にも製薬にも幅広く利用できる。

おぉっ？　水瓶では見えなかった鮮度と説明が見えるぞ。

ひょっとしてこれが、食材目利きの効果か？　料理に使える水だから食材認定なんだとしたら、思ったより適応の範囲は広いのかもしれない。

さて、次は備品の確認だな。作業台の下にある棚の中の備品を確認するためしゃがむと、製薬用と書かれた横長の札が打ち付けられていた。

どうやら料理用の備品は別の棚にあるようだから、作業台の周囲を回って料理用とある札が打ち付けられた棚を見つけ、中にある調理器具を調べる。

「包丁が二本、フライパンと小さい鍋とスープを大量に作れそうな大鍋が二つずつ、大小のボウルや泡だて器もあるのか」

他にもまな板やお玉やフライ返し、トングにローラーにザル、バットとそれ用の網が数セットと、一通りの物は揃っているようだ。

「コンロは……うん？」

コンロが見当たらず辺りを見回すと、何かを熱している女性プレイヤーを発見。

それを見るに、どうやらコンロは作業台の中に設置されているようだ。

「なるほど、ここか」

よく見ると作業台に線が入っている。

そこを持ち上げて向こう側へ倒すと、二口型のコンロが現れた。

二口型魔力コンロ　レア度：3　品質：3
性能：魔力を注ぐと火が点く。ツマミを回して火力を調整可能
＊持ち出し、破壊、共に不可

説明に従って魔力を注ぐと、円形に火が点いた。

火力は一番弱いのがとろ火ぐらいで、一番強いのは業務用コンロぐらいの火力だ。てっきり家庭用程度かと思っていたけど、業務用の火力が出せるのは嬉しい。

必要な魔力はたったの一で、火を消さない限りは新たに魔力を注ぐ必要は無いみたいだ。

「さてと、やりますか」

非表示にしていた前掛けとバンダナを表示させて気合いを入れ、食材を準備。

今回使うのは、料理ギルドで購入した小麦粉と野菜数種類とタックルラビットの肉、それとマッシュのところで買ったキノコ類。調味料は油と塩と胡椒だ。

「それじゃ、ゲーム内での最初の調理開始だ」

小さいボウルに塩水を準備したら大きめのボウルに小麦粉を入れ、塩水を加えながら混ぜ、そぼろ状のものができてきたらこれを集めて塊にしてよくこねる。

凄いな、手に伝わってくる感覚が現実そっくりだ。

だけど感心するのはほどほどにして、料理に集中しよう。

注意すべきは水加減と塩加減。塩加減を間違えればしょっぱくなるし、水加減を間違えれば固くなったり柔らかすぎたりする。

うどんで有名な香川出身で、うどん屋をしていた曾祖母ちゃんから教わった祖母ちゃん直伝だから、やり方や注意点はよく知っている。

「これなら、踏まなくても大丈夫そうだな」

このキャラクターを作る時、料理には腕力も必要だから腕力の数値を高めにしておいたお陰で、思ったよりも楽にこねる作業が進む。

体重をかけて生地をこね、表面に艶と適度な弾力が出たらしばらく寝かせる。

この間に別の作業をしよう。

「ニンジンとシイタケとエリンギとエノキ、それからトマトでいいな」

使う野菜を用意して、装備品の包丁を手に野菜を切り分ける。

ニンジンは薄めの輪切り、トマトはくし切りにしたらさらに三等分に切り、シイタケとエリンギは薄切り、エノキは石突を落としたら手でほぐすように小さく分ける。おっと、トマトは中のゼリー状の部分を取り除くのを忘れずに。

それが済んだらまな板の上に並べた野菜へ向けて、乾燥スキルを使う。
本当なら薬作り向けのスキルらしいから、半分実験のつもりでやってみたけど大成功。
見事に水分が抜けて乾燥野菜が出来た。

乾燥ニンジン　レア度：１　品質：２　鮮度：２６
食事効果：満腹度回復１％　給水度減少１％
乾燥させて水分が抜け、旨味と栄養が増したニンジン。煮て良し、出汁にして良し

乾燥シイタケ　レア度：１　品質：２　鮮度：３４
食事効果：満腹度回復１％　給水度減少１％
乾燥させて水分が抜け、旨味と栄養が増したシイタケ。煮て良し、出汁にして良し

乾燥エリンギ　レア度：１　品質：２　鮮度：３１
食事効果：満腹度回復１％　給水度減少１％
乾燥させて水分が抜け、旨味と栄養が増したエリンギ。煮て良し、出汁にして良し

乾燥エノキ　レア度：１　品質：２　鮮度：３３
食事効果：満腹度回復１％　給水度減少１％
乾燥させて水分が抜け、旨味と栄養が増したエノキ。煮て良し、出汁にして良し

乾燥トマト　レア度：１　品質：２　鮮度：２７
食事効果：満腹度回復１％　給水度減少１％
乾燥させて水分が抜け、旨味と栄養が増したトマト。煮て良し、出汁にして良し

よし、これが上手くいったのなら一品増やせるぞ。

水を張った小さい鍋に乾燥野菜を入れて火にかけたら、寝かせている生地に取り掛かる。

これを麺棒で――と言いたいところだけど、麺棒が無いからローラーで代用しよう。

打ち粉の代わりに小麦粉をまな板へ撒く。撒きすぎたら生地に混ざって加えた水分とのバランスが崩れ、食感が悪くなるからほどほどに。

その上に生地を置いてローラーで伸ばし、適度な厚さになるまで伸ばしたら重ねるように折り畳んで、一旦鍋を確認。

おっ、灰汁が浮いてくるのまで再現されているのか。

感心しながら灰汁を取って火の調整をしたら、折り畳んだ生地を包丁で太めに切る。これで手打ちうどんが完成だ。

「おい、見ろよあれ。手打ちうどんだ。しかも別に何か作っているぞ」

「ずっと見ていたけど、手際がいいわね」

「リアルでは本職のプレイヤーじゃないのか？」

「さっき出て行った亀の爺さんも手際が良かったけど、あいつもやるな」

「その前にいた、気の強そうな吸血鬼の女とどっちが上かな？」

うん？　なんか周りが騒がしいな。

何を言っているかはよく聞き取れないけど、気にせず調理を進めよう。

うどんは一旦バットへ移し、まな板を洗って備え付けの布巾で拭くと、それだけで乾いた状態になった。そういう仕様とはいえ、現実でもこうだと楽なのに。

そう思いながら大きい鍋に水を張って空いているコンロで強火にかけ、沸騰するまでの間にピーマンとニンジンとキャベツを細切りに、タックルラビットの肉は薄切りにする。

やばい。ログインする前はたかがゲームと侮っていたけど、食材を切る感触が現実とよく似ているから、妙にテンションが上がって材料を切る速度が上がる。

「なんだ、あの切る速さ」

「わー」

「おー」

周りは相変わらず騒がしいけど、気にしない気にしない。

野菜と肉を切り終えたら鍋をチェック。浮いた灰汁を取ると、良い色合いになっている。

だけど味の方はどうだろうか。お玉で少量を小皿へ移して味見する。

「うん……良し」

乾燥野菜から染み出た出汁で、良い味になっている。

ここへ切り取ったキャベツの芯、それとニンジンの茎と繋がっていた芯の部分を細かく切ったものを加える。普段は捨てがちだけど、ここだって可食部だ。店ではスープ作りの材料にしか使っていないけど、賄いや普段の食事には使っている。

念のため目利きスキルで確認したら可食部と出ていたから、食べても問題無い。

スープに材料を追加したら火加減の注意を継続しつつ、もう一口のコンロに掛けておいた鍋でお湯が沸いたから、バットへ移したうどんを茹でる。

ここでは下茹で程度だから、短時間で火から下ろして流しに置いたザルへ麺を上げてお湯をしっかり切り、トングで一玉ずつに分けながら麺をバットの上へ移す。

次いで空いたコンロで、フライパンを熱して油を敷くんだけど……。

顔を上げて真正面を見ると、作業台に密着する十歳ぐらいの少年と少女がいる。

この二人、生地を切っている時からかぶりつきで調理を見物している。

一方はリスの尻尾と耳を生やし、肩に届くくらいの長さがある茶髪に、ハーフシャツとハーフパンツにサスペンダーを付けた少年。もう一方は腰まで伸びたウェーブの掛かった薄い水色の髪に、膝丈のスカートとロングシャツの上下、首元には細くて赤いリボンを巻いた白い肌の少女。外見だけで判断するなら、私立の小学校に通っていそうな二人組だ。

「「?」」

目が合うと、二人揃って不思議そうに首を傾げた。周りの声は店の手伝いで気にならなくなったけど、これはさすがに経験が無くて落ち着かないし、危ないから注意しよう。

「これから火と油を使うから、そんなに近くで見ていると危ないぞ」

「あっ、ごめんなさい」

「お兄さん、上手に料理しているからつい」

ハッとした様子で少年と少女が作業台から離れたから、調理を再開しよう。

フライパンを火に掛け、十分に熱したら油を敷く。

サラダ油　レア度：1　品質：2　鮮度：29

バフ効果：火属性攻撃2％上昇【30分】　火属性耐性2％低下【30分】
植物から精製した食用油。火の近くでの扱いには注意

できれば使い慣れたゴマ油が良かったけど、サラダ油しかない以上はこれで作る。

たかが油と思ったら大間違い。油にもそれぞれ味や風味があって、それが料理に影響する。

逆に同じ料理でも油を変えるだけで味や風味に変化が出るから、それを楽しむことができる。ただし、必ずしも良い変化をするとは限らないことは、承知しておいてほしい。

さて、油が温まったからタックルラビットの薄切り肉を焼き、ある程度焼けたら皿に移す。

次は野菜を火が通り難い順に加えて炒め、火が通ってきたら再度肉を加え、最後に下茹でしたうどんを一玉分加えて炒める。

「焼きうどんだ！」

「美味しそう」

さっきの二人組の声を聞きながら炒め、最後に塩と胡椒で味付けをする。

早い段階で塩を加えると野菜から水気が出てベシャベシャになるから、味付けは最後に

するのが鉄則だ。

「よし、完成」

フライパンから皿へ移して、焼きうどんが完成した。

塩焼きうどん　調理者：プレイヤー・トーマ
レア度：２　品質：８　完成度：８８
食事効果：満腹度回復２１％
バフ効果：ＨＰ自然回復量＋２％【２時間】　腕力＋２【２時間】
麺から手作りした塩味の焼きうどん。
鰹節(かつおぶし)が無いのは残念だが、味は確か。出来立て熱々のうちに召(め)し上がれ

料理になると鮮度じゃなくて完成度が表示されるのか。

数値からして百段階だろうから、これは結構いいんじゃないか？

さて、これは自分の分にして味見をしよう。……うん、味も食感も良い感じだ。

「うおぉ、美味(うま)そうな香りさせてやがるぜ」

「食って味を確かめてぇ」

「凄いね」

「お母さんより上手かも」

味見が済んだら、冷めないうちにアイテムボックスへ入れておく。

こうしておけば、いつまでも出来立ての状態を保つことができる。

さて、何故か周囲のざわめきが大きくなっているけど、ダルク達の分も作らなきゃならないから気にしている暇は無い。想像以上に現実との感覚が同じでテンションが上がっているから、忙しい時に店を手伝っているつもりで一気にいくぜ。

調理を続けていくと周りの騒がしさが増したけど、一切気にしない。

注文の声や調理の指示や調理音、店によっては客の喧騒だの、飲食店や厨房っていうのは結構音がするから、周りが騒がしい程度で集中力を切らしていられない。

途中で鍋の様子を確認することも忘れず、細かく切ったキャベツとニンジンの芯に火が通ったのを確認したら、少量の塩と胡椒で味付けをして乾燥野菜出汁のスープが完成だ。

乾燥野菜出汁の野菜スープ　調理者：プレイヤー・トーマ
レア度：２　品質：７　完成度：９１
食事効果：満腹度回復３％　給水度回復２４％

バフ効果：ＭＰ自然回復量＋２％【２時間】　魔力＋２【２時間】
自家製乾燥野菜で出汁を取り、そのまま具材にしたスープ
胡椒の辛みが良いアクセント。優しい味わいにホッとしてください

これもダルク達が来るまで、鍋ごとアイテムボックスに――あれ？　できない？

ああそうか、コンロや水瓶と同じで鍋も持ち出し不可だからか。

仕方ない、とろ火に掛けて冷めないようにしておこう。

蓋をして火加減を調整したら、残り二人分の焼きうどんを作って今回の飯作りは終了。

最後の焼きうどんをアイテムボックスへ入れたら、後片付けに移る。

フライパンを洗おうと、流しで水を掛けたらそれだけで汚れが落ちて綺麗になった。

まな板を拭いた時と同じでこういう仕様なんだろうけど、これ便利過ぎるって。

これが現実でもできればと思いながら後片付けを済ませ、バンダナと前掛けを非表示にしたタイミングで、ダルクからそろそろ帰るってメッセージが届いた。

了解の旨と現在地を返事で送ったら、ここで合流することになったから、しばらくは待ちぼうけかな。

「あ、あの」

「ちょっと、お話いいですか？」

ん？　さっきかぶりつきで見ていた二人組か。何の用だ？

第四章 初実食する

「いいぞ、なんだ？」

話を聞いてもらえると分かり、緊張気味だった二人の表情が和らいだ。

「まずは自己紹介しますね。僕は農家の栗鼠人族で、ポッコロっていいます」

「同じく農家で、海月人族のゆーらんです」

見た目は私立小学校の児童なのに、それでいて農家なのか。

というか、リスはともかくクラゲ？

「クラゲ？」

「はい、海の月と書いてクラゲです」

あー、まあ、腰まである長い水色の髪と白い肌だし、クラゲっぽくはあるか。

しかしなんでまた、そんな種族を選んだんだろう。

「クラゲって可愛いですよね。半透明なところとか、海の中をユラユラ揺れるところとか」

種類によっては強い毒があるけど、見た目だけで判断するなら可愛くはあるかな。

同意できるような同意しきれないような気持ちを抱きつつ、俺も自己紹介をしたら声を掛けてきた理由について尋ねる。

「それで、用件はなんだ？」

「あっ、はい。僕達に料理を卸してくれませんか？」

「料理を卸す？」

どういうことだ？

「詳しく話を聞かせてくれないか？」

「えっとですね」

ポッコロとゆーららんから詳しく話を聞くと、二人は自分達の畑で野菜や薬草を育てて売るだけでなく、収穫物で料理や薬を作って販売しようと考えていたらしい。

ところが料理には実際の腕前が必要と知り、二人で薬作りをする方向へ方針転換。

だけど料理を出すことを諦めきれずに悩んでいたところへ、調理中の俺を発見。

手際の良さに思わずかぶりつきで見とれてしまったとのこと。

そして調理が終わったから駄目で元々、当たって砕けるつもりで、自分達の育てた作物で料理を作って卸してもらえないか交渉しに来たそうだ。

「なるほどね」

「それで、どうでしょうか？」

「勿論(もちろん)、報酬(ほうしゅう)はお支払(しはら)いします。まだ作物はできていませんし、予算不足で露店(ろてん)すら出せませんが、販売したら料理の売り上げの半分をお兄さんに渡(わた)します」

材料は全て向こうの提供でも、手間賃や技術料は発生するから報酬の支払いは当然だ。

でも、問題が二つあるからこの話は受けられない。

「話は分かった。ただ、言いたいことが二つある。一つめ、君達は俺の料理を食ったことが無いのに、こんな話を持ちかけたことに対して不信感を抱いている」

「「あっ……」」

この二人は俺の料理を見てはいるけど、食ったことは無い。

実際に料理を食べていないのにこういう話をされるのは、評判だけで美味いと決めつけられているようで嫌(いや)だ。

「そして二つ目、俺は本職じゃないから金を取れる料理を作れない」

「えっ？　お兄さんって、料理人じゃないんですかっ⁉」

「このゲームでの職業は料理人だけど、現実では本職を目指している身だ」

料理人に資格は必要無い。調理師免許(めんきょ)も、取得していれば役に立つというだけで必須(ひっす)じゃない。必要なのは高い調理技術に加えて、積み重ねた調理経験と料理の知識だ。

だけど今の俺は技術と知識を多少は習得した程度で、経験は全然足りないし技術も知識もまだまだ不足している。

実家の店で料理を出しているとはいえ、祖父（じい）ちゃんと父さんから許しが出ている数品だけで、それ以外の品は調理補助しかしていないから金を取れる料理に達していない。

「そういうことか」

「ということは、亀（かめ）の爺さんと吸血鬼の女はどうなんだ？」

「あのサラマンダーと違ってプロなのか、それとも単に料理上手の爺さんと女なのか」

また周りがざわざわとうるさいな。何かあったか？

「あんなに美味（おい）しそうな料理を作っていたのに⁉」

「美味い料理を作れても、それが客から金を取れる料理ってわけじゃないぞ」

これ、祖父ちゃんと父さんからのありがたい教えね。

今の俺に作れる金を取れる料理は、店で出していいと許された数品だけ。

単に作るだけなら一通りの物は作れるし、味もそれなりに自信がある。

でも、友人や知り合いに振る舞（ま）ったり賄いに出したりするならともかく、店に出したり販売したりできる料理じゃない。

「俺がここで料理しているのは、現実で知り合いの仲間達から頼まれたからだ」

「じゃあ、その人達からもお金は取っていないんですか？」

「いいや、食費と報酬は貰っているぞ。でも、お代は貰っていない」

「えっ？　それってどう違うんですか？」

首を傾げるポッコロとゆーららんへ、報酬と代金の違いを説明しよう。

簡単に言えば、代金は料理や商品に対して支払う対価で、報酬は料理や商品を作ったことに対するお礼。要するに、ダルク達は客じゃなくて雇い主ってところだな。

「へぇ、そういう違いがあるんですか。勉強になります」

「でもゲームなんですし、もっと気軽にやっていいんじゃ……」

ポッコロの言うことは分かる。でも、それはそれ、これはこれだ。

「それとこれとは話が別だ。ゲームとはいえ、本職を目指す以上は譲れない」

金を取れる料理を作る腕がないのに、金を取る料理を作りたくない。

「そういう訳で、不信感プラス金を貰える料理を作れないから、この話は断る」

「そうですか」

「残念です」

しょぼんと落ち込む二人には申し訳ないけど、こればかりは譲れないから許してくれ。

「じゃあせめて、こうして交流したのも何かの縁ですし、フレンド登録を交わしませんか？」

フレンド登録か、それぐらいならいいかな。

「ああ、構わないぞ。作物で良いのができたら買い取るから、連絡をくれ」

「「分かりました、ありがとうございます！」」

落ち込んだ表情が一転、明るい笑顔になった。うん、やっぱり子供は笑っていないとな。

そういうことで二人とフレンド登録を交わし、その後は二人と他愛ない雑談をする。

二人の服装は選んだ職業とは別に十三歳未満限定で選べるものだとか、畑は二人の共同運営にしているとか、今は数種類の野菜と薬草を栽培しているとか、今日はポーション作りの練習に来たとか、そんな話だ。

途中でうっかりポッコロが、自分達は双子の姉弟だと言ってしまいゆーららんに注意される場面はあったものの、それくらいなら問題無いんじゃないかな。二人と同じぐらいの双子なんて、日本中を探せば何組もいそうだし。

そうした話をしている中で、一つ興味深い話を聞いた。

俺がこのゲームに誘われた理由である、プレイヤー作の料理でないと不味い件で、農業プレイヤーが作る農作物も影響を受けることになり、それだと作物の作り甲斐が無いと考えた運営は、プレイヤー作の農作物に二つの設定を追加した。

一つはプレイヤー作だと鮮度が落ちにくく、高値で取り引きされること。

もう一つはＮＰＣ作のものより、調理した時の味が良くなること。

他のプレイヤーはどう思っているか分からないけど、二人はそれで文句は無いそうだ。

俺も今の話を聞いて、二人と交流を持てたことに心の中でガッツポーズをした。

高値なのは鮮度が良ければ当然のことだからともかく、より味が良い食材を手に入れられるルートを開拓できたのは大きい。

改めて二人と今後もよろしくと話をしていたら、ダルク達が作業場へ姿を現した。

「トーマー！　ただいまー！」

「うふふ、楽しかったわ」

「β版とはちょっと変わっていたね」

「そんなの、よくあることじゃない」

全員が満足そうな表情で作業台へ寄ってくる。どうやら存分に楽しんできたようだな。

「おかえり。時間かかったな」

「いやぁ、楽しくて思ったより町から離れちゃってさ。それにギルドも混んでいて、依頼の達成報告に時間が掛かっちゃった」

「そうだったのか。ああ、飯ならもうできているぞ」

「ありがとう、トーマ君。ところで、その子達はどなた？」

カグラに指摘されたポッコロとゆーららんを紹介し、一緒にいる経緯を説明する。

「そういうことか。ごめんね、僕達の仲間が頑固者で」

誰が頑固者か。俺は自分なりの筋を通しただけだ。

そんなやり取りをした後、そろそろ畑へ戻るというポッコロとゆーららんを見送ったら、お待ちかねの飯だ。

まずは冷めないよう、とろ火に掛けておいたスープを木製のカップへ注ぐ。

「わっ、それが今日のご飯⁉」

「あらまあ、良い香りね。何のスープかしら」

「ほわぁ。この香りだけでもう体が蕩けそう」

「これは楽しみだわ。早く椅子を用意しましょう」

そう言って作業場の端に置いてある椅子を俺の分も運んでくると、そそくさと着席する。

「ほら、まずはこれでも飲んでいてくれ」

スープ入りのカップにスプーンを添えて、四人の前に置く。

「う～ん。生臭さや青臭さなんて欠片も無い、良い香りね」

「具は野菜だけね。お出汁は何かしら」

「野菜、色々入っていて美味しそう」

「何にせよ、いただきます！」

アイテムボックスから焼きうどんを取り出しつつ、四人の反応を窺う。

四人は香りを嗅いだら、直接口を付けたりスプーンで掬ったりしてスープを口にした。

「「「「……はぁ。美味しい」」」」

うんうん。その一言と自然な笑みが、料理をする側にとってなによりも嬉しいんだ。

「このスープ、具はニンジンとキノコに……トマト？　具沢山ですごく美味しい」

「しっかり煮込まれているから柔らかくて食べやすいし、野菜の甘みも感じられるわね」

「口だけでなく、喉や胃からも野菜の優しい味が全身に染み渡って、体中が温かくて柔らかい物に包まれているみたい」

「いやー、やっぱりトーマを誘って正解だったよ。美味しいご飯を食べられるだけで、気分が全然違うよ」

褒めてもらえて嬉しいけど、さすがにそろそろ照れるぞ。

「ねえトーマ君、このスープの出汁はどうやって取ったの？」

「具材になっている野菜で取った。乾燥のスキルで乾燥野菜にしてから煮て、出汁と同時に具材にしたんだよ」

「そういえば、食材を乾燥させるために乾燥スキルを取ったって言っていたわね。本当にやったのね、そして成功したのね」

まあな。お陰で一品増やせたし、今後の料理に幅を持たせられそうだ。

「ねえ、そっちの焼きうどんも早く！　ハリー、ハリー、ハリー！」

ダルク、テーブルをバンバン叩くんじゃない。行儀が悪いぞ。

「うふふ。スープがこれなら焼きうどんも楽しみね」

落ち着いた口調に反して、気持ちが落ち着いていないカグラがソワソワしている。

「まだ？　まだ？」

気になるなら気まずそうにチラチラ見ないで普通に見ていいんだぞ、セイリュウ。

「美味しいご飯、早く食べたいわ」

やっぱりメェナはストレス溜まっているのか？　普段からは考えられないくらい目をギラギラさせているから、今にも襲い掛かられそうな気分だ。

待ってくれ、まだ操作に慣れていないから出すのも一苦労なんだよ。

味見をしたのは俺の前へ置き、後に作った四皿にフォークを添えてダルク達の前に出す。

「はいよ、焼きうどんお待たせ」

「「「「おぉー！」」」」

ダルク達が歓声を上げると、周囲で作業をしているプレイヤー達が一斉にこっちを見た。

煩かったかなと思っている間に、ダルク達は焼きうどんを食べていた。

「あーっ！　おいっしー！　しっかりした歯応えの麺も、シャキシャキの野菜も、ホクホクのお肉も、全部がとにかく美味しい！」

叫ぶなダルク、周りに迷惑だろ。

「しかもそれぞれの味が喧嘩していないから、麺とお肉と野菜を同時に食べても美味しいわ。いえ、むしろ一緒の方が一体感があって美味しいかも」

「塩加減が良いから麺と野菜と肉の味がしっかり味わえるし、胡椒のピリッとした辛さも良いアクセントになっているね」

お世辞だとしても、褒めてくれたカグラとセイリュウの言葉は嬉しい。

「うっ、うっ。このゲームでこんなに美味しいご飯を食べられるなんて夢みたい」

メェナ、さすがに泣きそうになるのは大袈裟じゃないか？

軽く呆れながら椅子に座り、自分の分を食べる。うん、味見はしたけど美味い。

といっても、月一で店の日替わりに出している焼きうどんには及ばないか。

「焼きうどんもスープも最高！　トーマには感謝感激雨あられだね！」

「うふふ、本当ね」

「こんなに美味しいご飯を、ありがとう」

「心の奥底から本当に真剣に感謝するわ」

作った料理を食べて、笑顔で褒めてくれるのは嬉しい。でもちょっと照れる。

「そういえば、このうどんはどうしたの？　料理ギルドでは売ってなかったよね？」

「小麦粉から手打ちで作った。香川出身の祖母ちゃん直伝だ」

「そうなの⁉　凄いね、うどん打てるんだ」

セイリュウから尊敬の眼差しを向けられて、ちょっと誇らしい気分になる。

祖母ちゃん、教えてくれてありがとう。

「なんでもいいよ、美味しければ！」

「ふふふっ、そうね。美味しければそれで」

「えぇぇぇぇぇっ⁉」

なんか急にセイリュウが叫んだ。

なんだどうした、何かあったか。周りも何事かってこっち見ているぞ。

「ど、どうしたの？」

「ちょっ、ちょっと待って。皆、ボイチャにして」

ボイチャ？　なんだそれ。

分からないから隣にいるメェナに教わって、周囲に声が聞こえないボイスチャットモードにした。

「それで、どうしたの？」

「こ、これ、この料理、バフ効果がある！」

「「「えぇぇぇぇぇっ⁉」」」

また絶叫かよ。しかも今度はダルク達まで一緒になって。

えっと、確かバフは能力を上昇させることを言うんだっけ。

そういえば料理に、ＨＰ自然回復とか腕力とか表示されていたな。

「わっ、本当だ！」

「焼きうどんはＨＰ自然回復量上昇に腕力強化するの？」

「スープはＭＰの自然回復量上昇に魔力強化？」

「ちょっとトーマ君、いきなりなんて物を作っているのよ！」

なんで美味い物を作ったのに、怒られなきゃならないんだ。理不尽だ、不条理だ。

「文句を言うなら食うな」

「食べるよ、食べる！　これは全力で食べるって！」

「そっちじゃなくて、バフ効果付きの料理を作れたことが大変なの！」

そうなのか？　よく分からん。

「β版では、バフ効果がある料理が作れたって報告は無かったわよね」

「本サービスからの新しい仕様かな？」

「単に作る人の技量不足じゃない？　β版には無かった、完成度っていうのがあるし」

「料理は現実での腕前が必要な部分があるから、ありえるわね。β版で料理ばかりしていたプレイヤーはいたけど、単に料理が好きなだけで腕はイマイチだって話だし」

どうでもいいけど、早く食べないと焼きうどんとスープが冷めるぞ。

せっかく熱いうちに食べてもらいたくて、アイテムボックスへ入れておいたり火に掛けておいたりしたんだ、バフ効果付きの料理が凄いことは分かったから早く食べてくれ。

「理由はなんでもいいんじゃない？　こういうことは検証する人達に任せて、僕達はこれを食べよう。せっかくの美味しいご飯が冷めちゃうよ」

よく言ったダルク。その通り、今は飯を食え。

「……それもそうね」

「せっかく作ってもらったのに、冷めちゃったら悪いものね」

「美味しい上にバフ効果。ボイチャにしておかなかったら、確実に騒ぎになっていたよ」

納得（なっとく）した三人は食事を再開したけど、どうしてボイチャにしていなかったら騒ぎになっていたんだ？

まだボイチャ機能は切っていないから聞いてみると、これが口外されたら間違いなく話題になって、俺の料理を求めてプレイヤーが殺到することになるだろう、とのことだ。

「騒ぎだなんて、大袈裟じゃないか？」

「「「大袈裟じゃない！」」」

理由はイマイチよく分からないけど、こうまで強く言うのなら大袈裟じゃないんだろう。

オンラインゲームはそういうもの、ということだな、うん。

「とにかく！　この事は絶対に口外しないでね！」

分かったから落ち着いてくれ、メェナ。

「ちゃんと秘密にしないと、メッよ」

あのさカグラ、なんで幼い子供を叱るように言うんだよ。

「絶対絶対、秘密だからね！」

内気で大人しいセイリュウがここまで強く念押しするなんて、そんなにこの料理は凄いのか？　ただの塩味の焼きうどんと、乾燥野菜で作ったスープなのに。

「悪い意味で変なプレイヤーもいるから、そういうのに絡まれたくなければ秘密だよ」

何故かダルクの言い方が一番納得できる。

現実では強引にゲームに誘ったり、突拍子もない行動で振り回したりするくせに、なんでこういう時はしっかりした言い方ができるんだ。

「了解、気をつける。だからさっさと食え」

「そうだね。早く食べて、バフ効果があるうちにまたモンスター狩ってこようよ」

「「賛成！」」

またどっか行くのか。まあいいさ、好きに行ってこい。

こんな調子で賑やかに飯が終わると、道中でセイリュウが採取した食用のハーブと追加の食費と報酬の後払い分を受け取り、次も美味しいご飯をお願いと言い残して立ち去るダルク達を見送ったら、後片付けを開始。

仕様のお陰で汚れも水滴も一瞬で無くなった食器類をアイテムボックスへ入れ、次の飯を作るまでどう過ごすか考え、料理ギルドへ行ってみることにした。

「せっかく登録したんだし、貢献度を上げるために行ってみるか」

貢献度を上げて新しい物を買えるようになれば、料理の幅を広げられるからな。

そうと決まれば早く行こう。作業台を借りた時に受け取った札を手に、作業場から出て作業館から退館する。

作業場を出るまでやたら視線を感じたけど、あれはなんだったんだ？

＊＊＊＊＊

草原のフィールドに出た僕達は、遭遇したモンスターをバッタバッタと薙ぎ倒す。

この辺りに出るのは体当たりしてくるウサギのタックルラビット、こういうゲームの定番スライム、それと角が生えた猫ぐらいの大きさをしたネズミのホーンマウスくらい。

他にも、こっちが攻撃しない限りは見つかっても何もしないノンアクティブのモンスターが二種類いるけど、得られる経験とお金はさほど多くないから、本気でレベルを上げたいプレイヤーは非効率的だから手を出さない。

まっ、エンジョイ勢の僕達には効率的なレベル上げなんて無関係だけど。

「ふぅ。あの料理のバフのお陰で、食事前より早く倒せるわね」

二体のホーンマウスを連撃スキルで倒したメェナが、生き生きとした表情をしている。

本当にメェナは、戦闘になると人が変わるよね。

普段の落ち着きのある委員長的な雰囲気はどこへ吹っ飛ばしたのか、嬉々としてモンスターを蹴散らしていくんだもん。

おまけにＨＰの回復量が増えたからって、食事前の戦闘では軽やかに避けていた攻撃をわざと受けて、回復量を確認していたし。そういうのはタンクの僕がやることじゃない？

「ＭＰの回復量が増えたから魔法が多く使えるし、魔力が増えて威力が上がって助かる」

三角帽子を揺らすセイリュウが控えめに喜んでいる。

僕も腕力が強化されて相手の攻撃を抑えやすくなったし、ＨＰの回復量が増えたお陰でちょっとばかり無理ができるから嬉しいよ。

「あらら、もうすぐ時間切れでバフが切れるわ。残念だけど、こればかりは仕方ないわね」

ふっふっふっ。カグラには悪いけど、バフが切れるのは野菜スープによる後衛向きの効果だけ。焼きうどんによる前衛向きの効果は、まだ時間が残っているのだよ。

「それにしても、いきなりバフ効果付きの料理を作るなんて、トーマはやってくれたわね」

ドロップアイテムの確認をしたメェナが溜め息交じりに呟いた。

「本当ね。しかも美味しかったし」

「これからのご飯も期待できる」

うんうん。僕もカグラとセイリュウに同意するよ。

幼馴染にトーマを持って、今日まで友情を育んできた自分を褒めてあげたい。

「でも、それのせいで騒ぎが起きそうね」

「なんで？　バフ効果のことなら黙っていればいいじゃん」

「バフ効果は私達が黙っていればいいけど、美味しい食事はそうはいかないわ。美味しくない食事が嫌なプレイヤー達が、トーマ君の料理を求めて押し寄せるかもしれないもの」

カグラの言う通りだ。僕達だって、それが嫌でトーマに協力を頼んだわけだし。

「あっ、生産系の掲示板ではもう話題になっているみたい」

「あら、本当ね。サラマンダーの男性プレイヤーが手際よく料理して、後から来た女性プレイヤー達がそれを食べて絶賛していたですって」

それ絶対、あの時作業館にいたプレイヤーの誰かの書き込みだよね。誰も彼も、メッチャ羨ましそうにトーマの料理を見ていたし。

「早くも色々と反応しているわね。うどんはどこで売っているんだ、ですって」

「キノコもそうだね」

「あっ、乾燥野菜は皆の前でやっていたから、その様子が書き込まれているわ」

「さすがはトーマ、早くも注目の的だね」

本人は絶対に気づいていないだろうけどね。

「そういう問題じゃないでしょ。心配だから一旦戻った方がいいんじゃない？」

「大丈夫だと思うよ。だってトーマだもん」

ゲーム以外はテキトーな僕とは違って真面目だし、良くも悪くもマイペースだから、周りが騒いでどうこうってことは絶対に無い。

この三人と出会う以前、小学生の頃だったかな。体が大きくて力が強いのをいいことに、好き勝手やっていたいじめっ子相手にもマイペースを崩さず、結果として唯一抵抗していた形になっていたぐらいだからね。

ちなみにその結末は、怒った相手の子がやり過ぎちゃってトーマが大怪我して、学校中が大騒ぎになった。

検査のためトーマは入院しちゃったし、激怒したトーマのお祖父ちゃんがお玉片手に相手の下へ怒鳴り込もうとしたし、人前で目撃者多数だから相手は平謝りするしかなくて、最終的にいじめっ子は親子共々引っ越すことになって転校しちゃったんだよね。

まあ本人は当時のことなんて、今ではまるで気にしていないけどね。

「その謎の信頼感はどこから出ているのよ」

「幼馴染だからこそだよ！」

「……はぁ」

胸を張ってドヤ顔で答えたら、メェナは呆れ顔で溜め息をついて、カグラとセイリュウは苦笑いを浮かべた。大真面目に答えたのに、なんで？

「なんにせよ、トーマ君のお陰で美味しいご飯にありつけるのは嬉しい」

「そうね。持つべきものは料理上手な友達ね」

料理上手、か。確かに今ではそうだけど、そうなるまでにトーマがどれだけ頑張ってきたのか、皆は知らないんだよね。トーマはそういうこと、自分からは絶対に言わないから。

でも僕は知っているよ。小学生の頃のトーマが、営業が終わった後の厨房で残り物の肉片や野菜を使って、料理の練習をしていたことをね。

お父さんが新聞記者でお母さんが漫画の原作者だから、小学生の頃は取材や締めきりの関係で両親が不在の日は、トーマの家に泊めてもらっていた。その時に、泣きながら頑張っている姿は何度も見ていたよ。

あのいじめっ子の事件で大怪我した時すら泣かなかった、良くも悪くもマイペースなトーマが感情を露わにして、くそっとかちくしょうとかなんでだって叫んで泣いて、それでも涙を拭いながら料理の練習をしていた姿をね。

最初はなんで泣いているのか分からなかったけど、陰ながら見守っていたお祖父ちゃんから理由を教えてもらった。

トーマが泣いて叫んでいるのは、やるべきことが頭で分かっていても、思い通りに包丁を扱えなくて、思い通りに焼いたり炒めたりができなくて、思い通りの味に仕上げられなくて、どうしてできないのかが分からなくて。そういったこと全部が悔しくて泣いているんだってね。
『どれだけ丁寧に教わって頭で理解しても、それをすぐに実践できるわけがねえ。実践するためには辛くても悔しくても泣こうとも、文字通り身に付くまで練習して経験を積んで、体で技術を覚えるしかねえんだよ』

そう言っていたお祖父ちゃんによると、トーマの料理の才能はどちらかといえばあるんじゃないか程度。

だけど、諦めることも投げ出すこともせずに毎日練習を続けるぐらい、料理人になりたい強い想いがある。

だから上手くできないのを心底悔しく思うし、泣きながらでも技術と経験を身に付けて上達するため、ああして練習を続けている。

どうしてそこまで料理人になりたいかは教えてもらえなかったけど、お祖父ちゃんが照れていたからお祖父ちゃん、あとはおじさんにも関係があるんじゃないかと僕は思っている。だって昔のトーマってば、尊敬する人にお祖父ちゃんとおじさんを挙げていたから。

このことは僕と、何かあった時に備えて日毎に交代で見守っているっていう、トーマの家族だけの秘密だ。

今のトーマがあるのはそういった積み重ねがあるからだってことは、トーマが自分で喋らない限り誰にも言うつもりは無いよ。それが幼馴染の友情ってやつさ。

「ん。気配察知にモンスターが引っかかったわよ」

おっ、今度は何のモンスターかな？

身構える僕達の前に出てきたのは、ノンアクティブモンスターのエアピッグだった。

見た目は一昔前にアニメ化までされたっていう、書いた文章や描いた絵が現実になる不思議な日記帳から現れた豚そっくりだ。

「なんだ、こいつなら放っておこうよ」

ノンアクティブモンスターでも攻撃したら戦闘になるけど、こいつの場合はＨＰが半分を切ると大きな鼻の穴から強風を吹き出して、ものすごい勢いでバックしながら逃げる。

一応それへの対処法は発見されているけど、得られる経験値とお金が微々たるものだから、無理に戦う必要は無い。よって、こいつはスルーしよう。

「そうね。囲めば逃走を阻止できるらしいけど、そこまでする気はないわね」

「バイバイ、豚さん」

メェナとカグラも戦意を見せず、無視しようとしたけどセイリュウは立ち止まっている。

「ねぇ、確かエアピッグって豚肉をドロップするんだよね？」

このセイリュウの呟きに、僕もメェナもカグラも足を止め、エアピッグの方を向く。

「プイ？」

円らな瞳をこっちへ向けているけど、今の僕達はそれを可愛いと思えない。

今の君はそう、肉だ。美味しい料理の材料になるために存在する、豚肉だ。

トーマという料理人を確保した僕達には、それが絶対的に必要なのだよ。

「焼き肉……」

「酢豚はまだ無理だろうけど、肉野菜炒めなら」

「小麦粉はあるから、肉まんかシュウマイか餃子は作れるかしら？」

それぞれが食べたい料理名を口にしながら、ジリジリとエアピッグとの距離を詰めるけど、ノンアクティブモンスターのエアピッグは何もしてこない。

ちなみに僕は、揚げ物ならトンカツでも唐揚げでもメンチカツでもなんでもいい。

「プ、プイ？」

フッフッフッ。どうやら僕達の食欲に気圧されているみたいだね。

でも、もう遅いよ。今から君は僕達の食料になるんだよ！

「囲めぇっ！　豚肉狩りじゃー！」

「「「おぉぉぉぉっ！」」」

「プイー!?」

フハハハハハーッ！　肉じゃ、肉じゃ、僕達には肉が必要なんじゃー！
あれだけ頑張って料理が上手くなったトーマに、美味しいご飯を作ってもらうんだー！

【掲示板回】料理人達が話題に上がる

【狩ろうぜ】戦闘掲示板 ＰＡＲＴ１【モンスター】

＊この板はモンスターとの戦闘について語り合うスレです
＊戦い方は人それぞれ。他者の戦い方をディスるのはＮＧです
＊ＰＶＰ、ＰＫ、ＰＫＫ行為の書き込みはＮＧです
ｅｔｃ……

＋＋＋＋＋＋＋＋＋

１０７：狩人
スライムの物理耐性が思ったより高くて、ちょっと手こずった。
矢を放ったらプヨンって衝撃を吸収されたし、ＨＰはあまり削れてなかった。

１０８：モリーデン
俺もそう。殴ったら、ポヨンって衝撃を吸収された。

１０９：ゆーふぇ
仲間の魔法では一撃だったよ。

１１０：シュレイド
衝撃緩和するなんて初見で分かるか。
でも、あのプニプニボディなら衝撃を吸収しても不思議じゃない。

１１１：狩人
うちのパーティーは全員物理だから、スライム倒すのに手間取った。
周りに誰もいなかったけど、ちょっと恥ずかしかった。

１１２：ゆーふぇ
物理でも全くダメージが無いってわけじゃないんですね。
もしも物理が効かないなら、物理限定でスライム最強説浮上ですね。

１１３：アルバトロス
そういうのはラノベだけでいい。
ゲームでもスライム最強って、じゃあ最弱は何って話。

１１４：シュレイド
まあまあ落ち着け、ちゃんと物理でもダメージ通るんだし。

１１５：ゆーふぇ
そうですよ。それにスライム＝最弱というわけじゃないんですから。

１１６：モリーデン
ちなみにスライムのプニプニボディを殴った瞬間のポヨンだけど。
凄く、気持ちよかったです……。思わず何度も殴っちゃったぜ。

１１７：狩人
気持ちいいからって殴られ続けるスライムさん、かわいそうｗｗ

１１８：モリーデン
い、いいだろ別に！　戦い方は人それぞれなんだろ！

１１９：アルバトロス
その通りです。
なので、遠慮なく殴ってプニプニボディを堪能してください。

１２０：シュレイド

そうして誕生する、スライムキラー。
かくしてその実体は、プニプニボディ堪能者。

１２１：モリーデン
やめろ、変なナレーション入れるな！

１２２：ゆーふぇ
ちなみにタックルラビットはもう殴ったの？
モフモフしてそうだったけど、モフモフしていた？

１２３：モリーデン
いや、そっちはモフモフしてなかった。
ちょっと期待していたのに！

１２４：ゆーふぇ
そっか、残念。
やっぱりテイムしなきゃ、モフモフを堪能できないか。

１２５：狩人
タックルラビットは体当たりを回避すれば、背中が無防備で隙だらけ。

１２６：アルバトロス
うちはタンクが盾で受け止めていたから気づかなかった。
今度試してみる。

１２７：モリーデン
ただあのウサギ、可愛いのに突進してくる時だけ顔が怖い。

１２８：シュレイド
同感。うちのタンクが、「ひいっ」とか言っていた。

しかも怖がって避けたから、俺が体当たりをまともにくらった。
ぐっふぉってね。

129：ゆーふぇ
怖くて避けたくなる気持ちは分かります。
普段は可愛くてモフモフしてそうだから許しますけど。

130：アルバトロス
結局はそこなのか。

131：狩人
良かったな、ウサギさん。
普段が可愛くてモフモフだから許されたぞ。

132：ノートル
失礼します。あの、ちょっといいですか？

133：モリーデン
ちわー。んで、どうした？

134：ノートル
さっきフィールドで、エアピッグと戦っている女の子四人組を見ました。

135：ゆーふぇ
えっ？　エアピッグって、ノンアクティブだよね？

136：シュレイド
その通りだ。しかも得られる経験値と金は少なく、ドロップは売るしかない豚肉。

それと戦っているなんて、その子たちは初心者なのかな？

１３７：ノートル
僕も最初はそう思いました。
でも彼女達、例の鼻噴射で逃げられないよう、囲んでフルボッコしていました。
しかも狙っているかのように、鬼気迫る様子でエアピッグばかり狩っているんです。
僕もパーティーメンバーも、見ていてちょっと怖かったです。

１３８：狩人
えっ？　豚さんを囲んでフルボッコ？
しかも狙って狩っているみたいなの？

１３９：アルバトロス
囲んで攻撃しているってことは、倒し方は知っているんだな。
だったら、どういうモンスターなのかも知っているはず。
なのに、どうしてわざわざ戦っているんだ？

１４０：ノートル
僕もそれが分からないんです。エアピッグに何かありましたっけ？

１４１：狩人
分からん。

１４２：モリーデン
意味不明だ。

１４３：シュレイド
戦闘に慣れるのが目的だとしても不可解だ。

144：アルバトロス
エアピッグに何か恨みでもあるのか？

145：ゆーふぇ
豚さん、その女の子達に何をしたの？

146：ノートル
まさかとは思いますが、現実のストレス発散ですかね？

147：狩人
だとしたら、狙われた豚さんがかわいそう。

148：シュレイド
これまたまさかとは思うが、豚肉を食べるためだったりして。

149：モリーデン
そっちの方がありそうだな。
ひょっとしたら、四人の中に調理スキル持ちがいるのかも。
または、その場にいない仲間が調理スキルを持っているか。

150：ゆーふぇ
じゃあ、豚さんを狩っているのは食料確保のため？

151：ノートル
そんな理由だとしても、エアピッグがかわいそうです。

152：狩人
ひょっとしてその子達、何か検証しているんじゃないかな。

１５３：アルバトロス
だとしたら、鬼気迫る様子なのはどうしてだ？
検証目的なら、むしろ冷静にやっているはず。

１５４：ゆーふぇ
確かにその通りですね。

１５５：モリーデン
うーん……。分からない。

＋＋＋＋＋＋＋＋＋

【生産】生産者の集い ＰＡＲＴ１【生み出そう】

＊ここは生産職の方々が語るスレです
＊鍛冶、裁縫、製薬、料理、錬金、農業なんでもいいです
＊他者の生産失敗をディスるのはやめましょう
＊他人のオリジナルレシピを許可無く公開するのは禁止です
ｅｔｃ……

＋＋＋＋＋＋＋＋＋

１９２：ルフフン
回復のためとはいえ、不味いポーションはもう嫌です。
だから絶対に、美味しいポーションを作ってみせます。

１９３：のん太
美味しいポーションは誰もが望んでいるから頑張れ。

194：ミーカ
β版では薬草の配分で試行錯誤した人がいるみたいね。
全部失敗したみたいだけど。

195：ルフフン
はい。ですから定番の果物を加えようと思っていますが、果物が見つかりません。

196：キャップ
商店にも市場にも野菜しかなかったな。砂糖はあったけど。

197：ルフフン
とりあえず砂糖ぶち込めば、甘くはなるでしょうか？

198：ミーカ
甘くはなると思うけど、不味い味は打ち消せるかな？

199：春一番
砂糖で何度も試した俺が答えてしんぜよう。
甘不味かった。
どれだけ砂糖を入れても不味いまま、甘ったるくなるだけ。

200：ルフフン
そうなんですね。残念です。

201：キャップ
というか、何度も試したのか？

202：春一番
使う量の問題かと思って延々と試したら、甘さで味覚崩壊寸前になった。

203：のん太
その行動に、同じ生産職として感服する。
やっぱり生産活動はトライアンドエラーだな。

204：ミーカ
そうね。諦めず繰り返すのが大事よね。
今はまだ雑巾しか縫えない私も、いずれは一流の服飾職人になれるはず！
そのために、これからも雑巾を量産してスキルを磨くわ！

205：キャップ
俺だって、ドラゴンを倒せる剣を作れる鍛冶職人になる！
まずは形から入るため、髭が生えるのを承知でドワーフを選んだ！

206：春一番
ドラゴンを倒せる剣って、低レベルの初心者でもドラゴンを倒せる剣か？
それともドラゴンに特効のある剣か？

207：キャップ
真面目か！　細かいこと気にするな！

208：のん太
まあまあ、落ち着け。

209：レイモンド
突然失礼する！　ちょっと聞いてくれ！

２１０：ミーカ
いらっしゃい。どうかした？

２１１：レイモンド
今、作業館で鍛冶の最中なんだが、凄く手際よく料理するプレイヤーが現れた！
滅茶苦茶早く肉や野菜を切っているし、二つの料理を同時進行している。
手際が良い上に美味そうな香りが漂うから、他の人達も作業の手を止めている。
そのせいで錬成失敗や調合失敗や鍛冶失敗が相次いでいる。

２１２：春一番
マジか？

２１３：キャップ
料理にも真剣に取り組んでもらいたい。
そんな運営の方針で、プレイヤー作でない料理や食材単体は生臭いか青臭く設定された。
しかもプレイヤーが作るにしても現実での技量が必要だから、どうだろうって噂だった。
なのに、そんな人が現れたのか？

２１４：ルフフン
じゃあその人は、現実でもお料理が得意な方なんですね。
私、料理が下手でスーパーかコンビニで買ってばかりなので尊敬します。

２１５：のん太
〉〉２１４に同じく。で、どんな人なんだ？

216：レイモンド
サラマンダーの若い男性プレイヤーだ。
どれくらいキャラいじっているか不明だけど、ややイケメンだと思う。

217：ミーカ
ほうほう、なるほど。ちょっと作業館行ってこようかな。

218：ルフフン
私も行ってみようかな。

219：春一番
待て待て。ここはゲームなんだ、外見なんて弄り放題の虚像だぞ。

220：のん太
ちなみにどんな料理を作っているんだ？

221：レイモンド
見たところ、焼きうどんと野菜スープ。

222：キャップ
町の中華屋にありそうな組み合わせだな。
だけど野菜はともかく、うどんって売っているのか？

223：春一番
商店と市場では売ってなかった。
美味いポーション作りに使えそうな素材を求めて、市場や商店を全て回った。
そして買える物を隅から隅まで繰り返し確認したから間違いない。

224：ルフフン
確認作業ご苦労様です。
では、どこで手に入れたんでしょうか？

225：レイモンド
いや、うどんは小麦粉から手打ちで作っていた。

226：キャップ
まさかの手打ち!?　しかもそれを焼きうどんにするだと!?

227：のん太
まさか手打ちうどんとは。
そやつもしや、香川の出身か香川在住では？

228：ミーカ
うどんは香川の讃岐うどんだけじゃないわよ。
有名なのだと三重の伊勢うどんや秋田の稲庭うどん。
他にも埼玉の肉汁うどん、群馬のひもかわうどんがあるわ。

229：春一番
今気にするのはそこじゃない。そして何気に詳しいな。

230：レイモンド
話を戻そう。
手際よく調理して、しかも美味そうな香りが漂うんだ。
晩飯は近所のお好み焼き屋で、焼きうどんに決めた。

231：ルフフン
私も食べたくなってきました。というか、お腹空いてきました。

232：のん太
ちなみに野菜スープはどんなのだ？

233：レイモンド
そっちはキノコやトマトを乾燥スキルで乾燥させて、それで出汁を取っていた。
ふんわり漂う出汁の優しい香りに、つい嗅ぎ入ってしまった。
気づけば鉄が何の役にも立たないクズ鉄に……。

234：キャップ
どんまい。

235：ルフフン
乾燥は薬を作る時に使うものだと思っていました。
料理にも応用できるんですね。

236：ミーカ
乾燥させた野菜で出汁が取れるの？

237：のん太
取れるぞ。分かりやすいのだと、干しシイタケで出汁を取る。

238：ミーカ
ああ、言われてみればそうね。説明ありがと！

239：レイモンド
ちなみに味も美味いらしい。
後から来た仲間らしき女の子四人組が、揃って絶賛していた。

240：春一番

ハーレム野郎だったか、ちくしょう！

２４１：キャップ
美味い料理でその子達の心をハートキャッチってか！

２４２：のん太
落ち着け。気持ちは分かる。

２４３：ルフフン
私もそのスープと焼きうどん、食べたいです。

２４４：レイモンド
俺だけでなく、その場にいたプレイヤー全員が食べたそうだった。

２４５：のん太
そりゃそうだ、必要とはいえ美味くない食事ばかりなのは誰でも嫌だからな。
つまり、誰もがＵＰＯ内での美味い食事を渇望している。

２４６：春一番
β版経験者の俺、美味い食事を求めてリアルで料理人している友人に声掛けた。
でも、戦闘ならともかく、ゲームでまで料理したくないって断られた。

２４７：レイモンド
〉〉２４６　まあ、その友人の気持ちは分からなくもない。
プロだからって、ゲームでも料理したいとは限らないからな。
ちなみに件の少年が現れる前にも、手際良く料理するプレイヤーが二人いた。
手際の良さでいえば、サラマンダーの少年を上回っていると思う。

２４８：キャップ
マジか。どんな人達なんだ？

２４９：レイモンド
一人は亀の甲羅を背負った白髪頭の初老の男性プレイヤーで、作ったのはトルティーヤ。
もう一人は威勢の良い姐さんみたいな女性プレイヤーで、作ったのはコッペパンサンド。

２５０：ミーカ
まだ碌な材料は無いはずなのに、出来る人は出来るのね。

２５１：春一番
そういえば、乾燥野菜の中にはキノコがあったと言っていたな。

２５２：レイモンド
ああ、あった。
遠目だから種類は分からないけど、キノコなのは確かだ。

２５３：春一番
うどんは手打ちだと分かったから、まだいい。
でも商店や市場、料理ギルドにもキノコは売ってなかったぞ。

２５４：キャップ
えっ？　じゃあどこで入手したんだ？

２５５：ルフフン
私、気になります。
お出汁味のポーションを試してみたいです。

256：ミーカ
出汁味のポーション……。
まあ、不味くなければ別にいいけど……。

＋＋＋＋＋＋＋＋＋

第五章　依頼を受けてみる

改めてやってきた料理ギルドはさっきと変わらず閑散としていて、俺以外のプレイヤーは五人しかいない。その中を歩き、依頼が貼ってある掲示板の前に立つ。

パッと見たところ、指定された料理や特定の材料を使った料理をギルドへ納品するものと、飲食店や宿屋を手伝うといった依頼が多い。

どれを受けようかと見ていたら、貼ってある用紙の一枚が青くて淡い光を放っている。

これは何かと思い、受付でおばさん職員に尋ねてみた。

「ああ、それは達成可能な依頼だよ」

どうやら納品系の依頼は、既に納品物を持っていれば用紙が光って見えるそうだ。

今すぐ達成可能なのは青で、納品物を持っているけど数が足りないのは黄色、という感じで光っているらしい。

説明を聞いたら掲示板へ戻って、何の依頼が達成可能なのかを確認する。

【常時依頼】オリジナルレシピをギルドへ提供
内容：所持しているオリジナルレシピを料理ギルドへ納品
報酬（ほうしゅう）：レア度×３００Ｇ

オリジナルレシピだって？

確かレシピっていうのは、入手すればレシピにある品の作り方が分かったり、自動で作れたりすることが出来るものだ。尤（もっと）も、そうやって作った料理も美味くないらしいけど。で、プレイヤーによって生み出されたレシピのことをオリジナルレシピと呼ぶ。

まだ二品しか作っていないけど、どっちがオリジナルなんだろう。

用紙の下の方に確認方法が書いてあったから、それに従ってステータス画面を操作して確認すると、焼きうどんとスープの両方がオリジナル扱（あつか）いだった。

オリジナルかそうでないかの基準はよく分からないけど、とにかく受付へ行こう。

用紙を手に受付へ向かい、おばさん職員へオリジナルレシピを提供。

案内に従い、表示された画面から塩焼きうどんと乾燥野菜出汁の野菜スープを選択（せんたく）して決定を押（お）した。

「はい、確かに受け取ったよ。これが報酬ね」

おばさん職員から報酬を受け取ったら再度掲示板へ行き、良さそうな依頼を選んで受付へ申請し、町のマップを頼りに依頼先へ向かう。

労働依頼
内容：盛り付け、配膳手伝い
報酬：１００G
労働時間：１時間
場所：ファーストタウン保育所

向かった先は教会に併設された保育所。

そこでＮＰＣのシスター達を手伝い、食事の盛り付けと配膳をする。

「ありがとうございます、助かります」

「気にしなくていいですよ」

シスター達が調理した食事を器へ盛り、それをトレーに載せたらテーブルへ運ぶ。

周りの大人が女性ばかりだからか、やたらと子供達に遊んでとせがまれたものの、そこはシスター達が対応してなんとかしてくれた。

配膳が済めば仕事は終了。後片付けは教育のために子供達がやるらしい。

「良ければ教会の方にも来てくださいね」

見送りのシスターからそう言われ、機会があればと返事をして保育所を後にする。

そのまま料理ギルドへ戻って報酬を貰い、まだ時間に余裕があるから別の依頼を受ける。

労働依頼
内容：仕込みの手伝い
報酬：２００Ｇ
労働時間：２時間
場所：ビリーの宿屋

ＮＰＣがやっている宿屋の厨房で、ひたすらジャガイモの皮を剥いていく。

宿屋の大将でＮＰＣの依頼人ビリーによると、この宿は晩飯に出す山盛りのフライドポテトが売りのようで、そのために毎日ジャガイモを大量に仕込む必要がある。

ところが今日に限って下働きが休んだから、代わりを求めて依頼を出したそうだ。

「ほう、手際いいなお前」

「慣れていますから」

　これでも本職を目指している身、仕込みの手伝いで毎日のように食材を切っているから、皮剥きなんて慣れたもんだ。

　とはいえ、たかが皮剥きと馬鹿にしちゃいけない。

　基本の作業こそ丁寧に。それが祖父ちゃんと父さんからの教えだ。

　しかしこうして延々と皮むきをしていると、営業が終わった後の厨房で練習していた頃を思い出すな。やり方を教わって頭で分かっていても、実際にそれをすることができないのが悔しかったけど、投げ出すのは嫌だから泣きながら練習していたな。

　そんな思い出に浸りつつ黙々と皮剥きを続け、二時間以内にジャガイモの皮を全て剥き終え、依頼を達成してギルドで報酬を貰う。

　日も暮れてきてちょうどいい時間だから、そろそろ食材を買っておこうと思ったところへ、ダルクからメッセージが届いた。受付前だと迷惑だから、移動してメッセージを開く。

『もうすぐ日が暮れそうだから、これから帰るね。豚肉がたくさん手に入ったから、美味しく料理してねー！』

　豚肉をたくさん手に入れたって、一体何をしていたんだ。

　ちょっと気になるけど、それよりも豚肉を美味しく料理してというリクエストに、どう応えるかが優先事項だ。

いや待てよ。その前に一つ確認をしないと。

『それだと帰って来て肉を受け取ってから調理開始になるけど、それでいいか？』

返事はメッセージを送信して少ししたら届いた。

『オッケー！　皆もそれでいいってさ！』

承諾を得られたから了解と作業館で合流する旨の返事を送り、アイテムボックスに残っている食材を確認してメニューを決め、受付に戻って足りない食材を買い足す。

それが済んだら作業館へ向かい、空いている作業台を借りて調理の準備をする。

「おい、あれ」

「掲示板にあったサラマンダーかしら？」

「どうだろう……」

なんかまた視線を感じるし、周りがざわめいている。やっぱり料理人が珍しいからか？

まあ細かいことは気にせず、ダルク達が帰ってくるまでに準備を整えておこう。

「これと、これと、それとこれも……」

バンダナと前掛けを表示させ、必要な道具と食材と調味料を準備したら調理開始。

鍋に水を張って火に掛け、お湯が沸くまでの間にマッシュの所で買ったそら豆の黒い筋の部分に切れ込みを入れ、火が通りやすいようにする。

お湯が沸いたら塩を加えてそら豆を茹でる。切れ込みを入れておいたから数分で茹で上がり、流しに置いたザルへ上げてお湯をよく切ったら、まな板の上に移す。

「あれだけでも美味そうだな」

「ビールが欲しいぜ」

「やっぱりあいつが例のサラマンダーか？」

「まあ待て、まだそら豆を茹でただけだろう？　様子を見よう」

そら豆の皮を剥いたら中身はバットの端へ移し、剥いた皮を切る。

これもキャベツの芯と同じく可食部だけど、このままじゃ食感が気になるから、開きにするような感じで切ってから細切りにして中身の傍へ置いておく。

続いてネギを青い部分と白い部分に切り分け、一口で食べられる長さに切ってから細切りにして、これもそら豆を載せたバットに青い部分と白い部分を別々にして置き、ダルク達から受け取ったハーブも置いておく。

「あとはダルク達が戻ってくれば」

「ただいまー！」

「……なんという、タイミングの良さ」

近くで頃合いを見計らっていた、とかじゃないよな？

「お待たせトーマ！　これが約束の豚肉だよ！」

意気揚々といった雰囲気のダルク達が、作業台の上に大量の肉を出した。

なんだ、この量は。厚めのステーキくらいの肉が積み重なって、山のようになっているぞ。

とりあえず、この肉を目利きスキルで見てみよう。

豚肉【バラ】　レア度：１　品質：３　鮮度：９７
食事効果：満腹度回復１％
バフ効果：病気状態付与
エアピッグを倒すと高確率でドロップする肉
野生育ちで適度に脂が乗っていて美味
生で食べると病気状態になるので注意してください

うん、確かに豚肉だ。しかもバラ肉。

目利きスキルで調べてみると、見た目は同じ形状でも表示される部位は何種類かある。

バラ、モモ、ロース、肩ロース、ヒレ、肩。豚足や頬肉や内臓といった部位は見当たらないけど、これだけ種類があれば十分だ。

鮮度の数値が高いのは、倒してすぐにアイテムボックスへ入れたからか？

そしてゲーム内でも、豚肉の生食は奨励されていない。

現実では無菌豚っていう、生に近くても食べられる豚が飼育されているけど、ＵＰＯには存在しているんだろうか。

「それにしても、随分と量があるな」

「うふふ。美味しいお肉料理を食べたくて、張り切っちゃったわ」

カグラが男を魅了しそうな笑みを浮かべるけど、口の端から涎が垂れそうだぞ。

「や、やり過ぎた自覚はあるわ」

「でも、美味しいご飯のためなら後悔しない」

「右に同じく！」

気まずそうなメェナはともかく、目をキラキラさせて言い切ったセイリュウと、それに同意したダルクはそれでいいのか？

「見ろよ、あの肉の量」

「豚肉ってことは、あれだけの数のエアピッグを狩ったのか？」

「豚さんかわいそう」

「ひょっとしてあの子達が、掲示板で話題になっている食材ハンターガールズか？」

「言われてみればそうかも」

「鬼気迫る(ききせま)様子で肉肉言いながら、エアピッグばかりを狩っていたんだってな」

「割と可愛い(かわい)子らなのに、飯のためとはいえそこまでやるか」

「近寄るのを少し躊躇う(ためら)わね」

周りもこの量に驚いた(おどろ)のか、やたらざわついているぞ。

まっ、済んだことは気にしなくていいか。それよりも使う肉を決めよう。

「さてと、どの部位がいいかな」

「部位？　何言っているのさ、どれも同じ豚肉じゃないか」

「えっ？」

「えっ？」

話がかみ合わず、思わずといった感じでダルクと視線がぶつかる。

なんでもダルク達には部位が見えておらず、ただ豚肉としか表示されていないらしい。

どうやら肉の部位のような細かい点は、食材目利きのスキルがないと見えないようだ。

さて、疑問は解決したから調理を再開しよう。

「んじゃ、これで飯作るから待っていろよ」

「はーい！　じゃあ、椅子用意しとくね！」

「うふふ、お願いね」

「何を作るか楽しみ」

「はぁ……」

ダッシュで椅子を取りに行くダルクと、それに続くカグラとセイリュウは笑顔だけど、メェナだけは溜め息をついて肩を落としている。

頑張れメェナ、四人の中で一番常識的なのはお前だ。しっかり手綱を握っていてくれ。

そうすれば俺は余計な事を考えず、料理だけに集中できるから。

「ほらトーマ、早く作って！」

着席したダルクが作業台をバンバン叩いてねだるから、調理を続けることにしよう。

サラダ油を数センチ溜めた小さい鍋と、水をたっぷり張った鍋を別々のコンロに置いて点火。調理手順を考えると、油は水よりも火力を弱めておこう。

「鍋に油を入れて温めている？　ひょっとしてトンカツ⁉」

揚げ物大好きダルクが立ち上がって目を輝かせているけど、残念ながら違う。

「それにしては油の量が少ないわね。それに衣の材料が無いし、火力も弱いじゃない」

さすがはメェナ、よく見ている。

水と油を熱している間に、これから作る料理に合いそうなモモ肉以外の部位は、一旦アイテムボックスへ入れておく。

そのモモ肉は側面から横向きに包丁を入れ、しゃぶしゃぶ用くらいの薄さに切る。

肉を全部切り終えたら、沸騰させたお湯の火加減を調整して薄切り肉を入れる。

「あら、茹でちゃうの？」

「だったら、あっちのお鍋の油はどうするんだろう？」

料理を予想しているダルク達やざわめく野次馬達は気にせず、油の方に注意を向けつつ浮かんでくる灰汁を取り、ネギやハーブを置いているのとは別のバットを用意して網をセットする。

肉に熱が通ったらトングでお湯の中から取り出し、数回振ってお湯を切って網をセットしたバットへ置く。

その最中に油を熱している方の火加減を調整し、加熱しすぎて燃えないように注意。

肉を全部茹で終えたらトングでバットから皿へ盛りつけ、その上にハーブと細切りにしたネギの青い部分と白い部分を散らし、端の方に付け合わせの茹でたそら豆を添える。

熱している油からは薄っすら煙が上がっていて、準備万全だ。

「もうすぐできるぞ」

完成間近を伝え、注目しているダルク達の前へ皿とフォークを置く。

「茹でた肉に、ハーブやネギを載せてそら豆を添えただけ？」

「これで完成なの？」

「まあ待て。仕上げをするから、ちょっと下がれ」

困惑するダルク達を下がらせ、熱した油入りの鍋を持って近づく。

傾けた鍋からお玉で油を少量掬い、皿に盛られた肉とハーブとネギの上へ垂らす。

するとジュワッという音とバチバチと弾ける音が響き渡り、舞い上がる湯気と一緒にネギとハーブの香りが広がる。

『おぉー！』

音と見た目と香りに、ダルク達だけでなく野次馬達からも歓声が上がった。

「何これ、凄い。ネギとハーブの爽やかな香りが、鼻を突き抜けている」

「こういうのをテレビで見たことがあるわ。思った以上に香りが広がるのね」

油が冷めないうちに全員の皿へ熱した油を掛けていき、音と湯気と香りを立ち昇らせる。

そして最後に味付けとして、塩と胡椒を全体へ軽く振りかけて完成だ。

茹で肉とネギとハーブの油ソース掛け　調理者：プレイヤー・トーマ
レア度：３　品質：８　完成度：８６
食事効果：満腹度回復２５％
バフ効果：体力＋３【２時間】　腕力＋３【２時間】
仕上げに熱した油を掛けたことで、立ち昇る香りと湯気と音で気分はアゲアゲ
熱した油がそのままソースとなって、香ばしさと旨味を演出
脂の少ないモモ肉を茹でたので油を掛けてもクドくなく、少ない脂を補っています
添えてある塩茹でしたそら豆もホクホクとして良い口直し

ほうほう、油ソース掛けときたか。

確かに美味い油はそれ自体がソースと言っても過言じゃないと思うけど、それだけに品質が低いサラダ油なのが残念だ。無いものは無いから仕方ないんだけどさ。

「美味しそうね。だけどトーマ君のところでは、こういう料理は出してなかったわよね？」

「ああ。でも、賄いで作ってみたことはある」

テレビで見たのを祖父ちゃんや父さんに聞いて、本やネットでも調べて試作したんだ。

その試作で油を直接掛ける関係上、脂が少ない肉を茹でるか蒸した物がいいと思ったか

ら、今回は赤身中心のモモ肉を茹でて作った。

「ねえ、これも……」

「ええ。あるわね、あれが」

あれ？　ああ、バフ効果ってやつか。そこは別に狙ったわけじゃないから、勘弁してくれ。

「もう我慢できない！　いただきます！」

下がっていた位置から戻ったダルクが、フォークを手に料理を食べだす。

「うはっ、美味しい！　油が掛かっているけど、茹で肉と生野菜だからしつこくなくて、むしろちょうどいいコッテリ感になっているよ！」

ダルクが感想を口にすると、他の三人も元の位置に戻って勢いよく食べだした。

おいおい、周りの目もあるんだからそんなにガッつくなよ。

「ネギとハーブの良い香りが立ち昇って、食欲を刺激されていくらでも食べられそう」

「油を掛けるから、茹で肉にしたのね。しかもこのお肉、脂身が少ない赤身を使ったのね。茹でたとはいえお肉自体の味がしっかりあって、食べ応えがあるわね」

「付け合わせの茹でたそら豆も、箸休めにちょうどいい。食感はホクホク柔らかくて、軽い塩味だけだから、コッテリ気味のお肉とのバランスが良い」

うんうん。今回の料理も好評のようだ。

さてと、さり気なく準備していたこっちも出すか。

「はいこれ、スープな」

豚肉の茹で汁スープ　調理者：プレイヤー・トーマ
レア度：１　品質：６　完成度：９０
食事効果：満腹度回復２％　給水度回復１９％
バフ効果：俊敏＋１【１時間】　運＋１【１時間】
豚肉を茹でた際に出た旨味が詰まったスープ
肉そのものはなくとも、肉の旨味はしっかりある

豚肉を茹でたお湯は肉の旨味が流れ出ているから、そのままスープに利用できる。

丁寧に灰汁を取ったら、細切りにしたそら豆の皮と具であり臭み消しにもなるネギを加えて煮込み、塩で味を調整したのがこのスープだ。

肉を調理しながらスープも作れる、一石二鳥の方法だと父さんから教わった。

「ぷはっ！　こっちも美味しい！　肉は入っていないけど、肉の旨味がしっかりするよ！」

美味いと言ってくれるのは嬉しいけど、熱々のはずなのに一気飲みしたよ。

「お肉の旨味が流れ出た茹で汁をスープにしたのね。お肉の旨味がしっかり味わえるわ」

「ネギのお陰で臭みをほとんど感じないし、歯ごたえのあるそら豆の皮も良いアクセント」

「お昼の優しいスープと違って、お肉の出汁だから力強い感じがあるわ」

スープも好評そうで良かった。さてと、そろそろ俺も食うか。

……うん、悪くない。とりあえずは有る物でなんとかなった、っていうところかな。

これで満足したら、調子に乗るなって祖父ちゃんに頭を小突かれるよ。

「いやぁ、今回のも美味しかったー！」

もう食べ終えたダルクが、満面の笑みで腹をポンポンと叩いている。

ゲームだから関係ないけど、早食いはあまり体に良くないぞ。

「ねえ、手に入る食材や調味料が増えれば、もっと美味しいご飯が作れるの？」

目をキラキラさせたセイリュウが、ズイッと前のめりになって尋ねてくる。

「もっと美味いのを作れるかは分からないけど、レパートリーは増えるな」

「なら、このゲームを楽しむっていう僕達の基本方針に、新たな食材や調味料を見つけるっていうのを加えない？」

「「「大賛成！」」」

「よし、決定だね！」

その食材や調味料を扱う、俺の意見を聞かずに決定したよ。

「やっぱり食材ハンターガールズだな」

「彼女達が狩るか採取して、彼が作るのね」

「狩猟民族かよ……」

ほらみろ、大声で言うから周りもなんかざわついているぞ。

「よろしくね、トーマ！」

「……はいよ」

どうせ断ったら了承するまでしつこく煩いだろうから、さっさと了承した。

それにゲームだからこそその食材や調味料もあるかもしれないし、一人で探すのは限度があるから、この提案自体は嬉しい。気になったのは本人への確認が無いこと、それだけだ。

こんな感じで会話をしているうちに食事は終わり、いつの間にか野次馬も解散していた。

食後は後片付けをしてバンダナと前掛けを非表示にしたら、最初からアイテムボックスに入っている水を飲みつつ、休憩がてらダルク達がいない間のことを話す。

オリジナルレシピを提供した件はそうでもなかったけど、受けた依頼のことを話したら少し驚かれた。

「えっ？　そんなハズレ依頼やっていたの？」

「ハズレ依頼？」

「報酬が少ないのに拘束時間が長いか内容がキツイ、割に合わない依頼をそう呼ぶのよ」

　そうなのか。全然知らなかった。

「どうしてそんな依頼を受けたの？」

「時間で決めた。あまり拘束時間が長いと、飯が作れないから」

「「「「それは困る！」」」」

　だろう？

「料理の納品依頼とか、なかったの？」

「いや、あった」

「作れない物だったの？」

「どれも今手に入る材料で、作れる物ばかりだった」

「じゃあなんで、それをやらなかったのよ」

　セイリュウとカグラの質問に答えたら、不思議そうにメェナが聞いてきた。

「食材を買うのに必要な金が無い」

「はい？」

「えっ？　僕達、お金渡したよね？」

「あれはお前達が飯を食うために渡した金だろ。それなのに別の目的で使うのは、筋が通らない。採ってきてくれた食材も同じだ」

俺は一緒に食う許可を貰っているけど、ダルク達から受け取った金や食材を、ダルク達に出す食事以外のことで使うつもりはない。

そういう依頼を受けるとしたら、自分が稼いだ金だけで受けられる場合に限る。

「真面目か！　トーマ、真面目か！」

どうしてそこでツッコミを入れられなくちゃならない。そしてなんで二回言った。

「別に気にしなくていいのに」

「俺が気にするんだ」

客から預かった金や食材を、その客以外の客のために使うようで良い気分がしない。

今夜はこれを出してくれと渡された食材は、別のお客へ出しました。別のお客に出す食材の購入に使ったので、前金の返金には応じません。みたいな感じで嫌だ。

「それでハズレ依頼を受けたんだね」

「頼んだ身としては嬉しいけど、行動を制限させちゃったようで悪いわね」

「そうでもないさ」

ほとんど現実と変わりない感じで料理できるのは楽しいし、限られた材料と道具で何を作るか考えるのは、将来店を継ぐ時に役立つ経験だ。

なにより、腕を見込んでくれたダルク達の期待に応えられているのが嬉しい。

それを伝え、だから気にするなと言ったらダルク達の反応は分かれた。

「当たり前じゃん！　トーマの作るご飯が不味いはずないって！」

サムズアップするダルクの強い信頼感は、どこから出てくるんだろうか。

「そうね。実際に美味しいもの」

そう言ってもらえてなによりだよ、カグラ。

「えへへへ。そっかぁ、嬉しかったんだ……」

朱に染まった頬に両手を当ててたセイリュウが、俯き気味になってクネクネしている。

なんでそんな反応をするんだ？

「だったらいいんだけど。やっぱりゲームは楽しまなくちゃね」

メェナはそう言って笑みを浮かべた。

料理以外をしなくても問題無いし、やれること自体も多そうだから楽しんでいるぞ。

自分で乾物を作れるし、市場や料理ギルドでは買えなかった食材がひょんなことから買えたし、現実では作るのに躊躇しそうな料理もゲーム内ならお試し感覚で作ってみることができそうだし、失敗しても現実じゃないから材料を無駄にした罪悪感が薄い。

それに、まだ本職じゃない俺の料理を楽しみにしてくれているこいつらのために、少しでも美味い飯を作ってやりたい。

「そうね」

「とはいえ、そんな話を聞いた以上は黙っていられないわね」

「うん」

「?」

なんのことだ？　カグラとセイリュウは分かっているようだけど、絶対にダルクは分かっていない。あの微妙な笑顔で首を傾げる様子は、話が分かっていない時にする癖だ。

「トーマ。アレに加えて今の話のような配慮をしてもらっている以上は、何の見返りもしないわけにはいかないわ。だから、報酬を上乗せさせて」

アレってなんだ。というか、報酬の上乗せだって？

「別に気にしなくていいんだぞ」

「駄目だよ。これはトーマ君の気持ちと料理のアレに対する、私達からのお礼としての報酬なんだから、受け取ってもらわなくちゃ困るよ」

メェナに続いてセイリュウまで言っているアレってなんだ。

料理のアレ……。ああ、アレってバフ効果のことか？

しかしお礼としての報酬ね。言い分は分かるし、いずれは店を継ごうと思っている身だから、金を受け取ることの大切さはしっかり教わった。

お礼として金を払うと言っているのに、それを断るのは相手に対して失礼だな。

「そうよ。私達に貢がせてちょうだい」

頼むカグラ、含み笑いしながら貢ぐなんて言い方はしないでくれ。

「そういうことなら僕も賛成だよ。トーマにはこれを受ける、逃れられない権利があるよ」

逃れられない権利ときたか。なら同時に発生する、美味い飯を作って提供する義務をしっかり果たそうじゃないか。

「分かった、報酬の上乗せを受け入れる」

了承したらダルク達は笑みを浮かべた。

とはいえ、使い道はどうするかな。

食材や食器の購入は食費から出すつもりだし、他に金を使うとしたら……。

そうだ、ギルドの納品依頼をこなすのと、料理を試作するための資金に使わせてもらおう。

美味い飯への報酬は、美味い飯を作るために必要なことへ使わないとな。

この使い道には全員が賛成してくれて、しっかり稼がないとねとやる気を出した。

「それじゃ、次も期待しているよ、トーマ」

「ああ。期待に応えてみせるよ」

第六章　なんかもらった

食後の休憩を終えて作業館から退館すると、外はすっかり暗くなっていた。

街灯に灯りが点き、周辺の店舗から漏れる光も町中を照らしている。

「おー、夜の町の雰囲気がβ版よりいいね」

「β版は街灯が無くて灯りが少なかったから、薄暗くて不気味だったものね」

「治安が悪そうで怖かった」

「そうね。現実だったら、絶対に外を出歩きたくない雰囲気だったわね」

そういう意見が多く出たから、今みたいに街灯が設置されたんだろうか。

移動中に街灯を選択して調べたら、魔力街灯と出た。コンロや瓶もそうだけど、魔法が
ある世界観だからこその設備だな。

「で？　ダルク達はまたモンスター狩りに行くのか？」

「ううん、行かないよ」

ありゃ？　昼間の勢いからしたら、またモンスターを狩りに行くと思ったのに。

「いいのか？」

「うん。夜に出るモンスターは昼間より強いから」

「ガチ勢や攻略組のプレイヤーはレベルを上げるため、勇んで行くでしょうね。でもエンジョイ勢の私達は無理せず、昼間にじっくりレベルを上げてから挑むことにするわ」

よく分からない言葉がいくつか出たけど、ダルク達は楽しむのを優先するってことだな。

「だったら、これからどうするんだ？」

「それなんだけどさ、ちょっと買い物に行ってもいいかな？」

「買い物？」

「うん。せっかく釣りスキルを取ったから、釣り竿を買いたいんだ」

そういえば、魚を食べたくなった時に使えるかもしれないからって理由で、そんなスキルを取っていたっけ。だったら釣り竿の購入は必須だな。

「トーマは？　何か欲しい物ある？」

「今のところはいいかな。あっ、でも料理ギルドには行かせてくれ」

さっき確認したら、茹で肉の油ソース掛けと豚肉の茹で汁スープがオリジナルレシピ扱いになっていたから、オリジナルレシピを提供する依頼を受けて金と貢献度を稼ぎたい。

「了解。それじゃあ――」

「な、なあ！　ちょっといいか？」

後ろから声を掛けられて振り向くと、猿の耳と尻尾が生えている白衣姿の青年がいた。

「何か用かしら？」

「そっちのサラマンダーに、聞きたいことがあるんだ」

メェナが対応しようとしたけど、相手は俺に用があるみたいだ。

「俺は錬金術士の春一番。さっき料理に使っていた、そら豆の入手先を知りたいんだ」

どうやらそら豆の入手先が知りたいようだ。

でも、なんで錬金術士がそら豆を欲しいんだ？

まあ隠すようなことでもないし、教えてもいいかな。

「えっと」

「ちょっと待って、トーマ君」

教えようとしたら、横からセイリュウが待ったを入れて、ダルクとカグラとメェナが間に割って入ってきた。

「ねえ君、春一番だっけ？　それを知ってどうするつもり？」

「え？　それは……」

「うふふっ。私達、知っているわよ。あなたが生産系の掲示板でトーマ君の話題に参加していたこと」

「うぐっ」

えっ？　そうなのか？　というか掲示板で話題って、どういうことだ？

分からないけど下手に口を挟まない方がいいっぽいし、ここは黙って静観しよう。

「大方、そら豆の入手先を知って、そこからどこにも売っていないキノコや他の食材に辿り着けるかも。そう思ったのかしら？」

「うぅ……」

気まずそうに顔を逸らしたってことは、図星か。

だけど錬金術士なのに、どうして食材を探しているんだろう。調理スキルがあるのか？

「で、あわよくばその情報を売って一儲けかい？」

「そ、そんなことはしない！　ただ、どこにも売っていなかった物を料理に使っていたから、気になっただけだ！」

「それで凸ったんだね」

凸った？　なんだそれ、こういうゲームの用語か？

首を傾げているとセイリュウが小声で、突撃したという意味だと教えてくれた。

なるほど、突撃取材をしに来た感じと思えばいいのか。

「頼む。情報への対価は出すし、広めないと約束するから教えてくれ」

顔の前で両手を合わせ、頭を下げる姿は真剣に見える。

だけどオンラインゲーム初心者の俺が勝手に判断するのは不味そうだから、引き続きダルク達の判断に任せよう。

「そう言われても、初対面だから信用も信頼も辛いわ」

そうだな。ゲーム内とはいえ、信用と信頼は大事だな。

「食材の情報ならＢＡＮされないから、一儲けするにはちょうどいいものね」

また専門用語っぽいのが出たよ。ＢＡＮってなんだ。

小声でセイリュウに尋ねると、違反行為への罰としてアカウントを停止されたり削除されたりすることらしい。

要するに、規約違反をしたプレイヤーを運営が追い出すようなものか。

「というわけで、悪いけど今回は見送らせてもらうね」

「情報の秘匿はオンラインゲームではよくあることだし、悪く思わないでね」

どうやらオンラインゲームでは、情報の扱い方は重要なようだ。

相手側に悪用する気が無かったとしても、慎重な対応が必要ということか。

知らずに親切心を出していたらどうなっていたか分からないから、下手に口を挟まなくて正解だったな。

「……分かった」

渋々承諾した春一番はがっくりと肩を落とし、背を向けてトボトボと去って行く。

「さっ、トーマ。行くよ」

対応が終わるやいなや、ダルクに腕を引かれて春一番とは逆方向に連れて行かれる。

「彼には悪いけど、オンラインゲームはこういうものなのよ」

「情報は迂闊に明かせないの。特にトーマ君の場合は、作る料理が騒ぎになりそうだから」

「そうよ。だから気にすることは無いわ」

カグラ達もそうは言うけど、やっぱり悪いことをしたような気分だな。

とはいえ、そういう気持ちに付け込む悪い奴がいるのもまた事実。初対面の人との付き合い方が難しいのは、現実もゲームも同じか。

春一番はこれにめげず、何かの折には交流をして信用や信頼を築きたい。本当に悪い奴でないのなら、きっとそれができるはずだから。

「それにしても、早くもああいう人が出ちゃったね」

「似たような人が続出する前に、情報屋へ売りに行く？」

情報屋だって？　なんだその裏社会や非合法って言葉が浮かぶ職業は。

というかそんな職業、選択肢の中にあったか？

「あっ、トーマ君。情報屋っていうのはゲーム内での情報を買い取って、それを適正に扱って販売するプレイヤーやグループのことを言うの」

プレイヤーだけでなく、グループも指すのか？

「情報屋は職業じゃないのか？」

「職業というよりも、そういうのが趣味の人がやっているゲーム内での役目みたいなものかな。先へ進むための攻略情報や、入手困難なアイテムの入手方法の情報とかを集めて、ゲームの規約に抵触しない範囲でプレイヤーへ向けて販売しているの」

趣味って。まあ色々な人がいるんだ、楽しみ方は人それぞれさ。

「さっきの春一番には売らなかったのに、その情報屋っていうのには売るのか？」

「同じ見ず知らずでも、ちゃんとした情報屋は情報の扱い方や価値を熟知しているからね」

それは裏を返せば、ちゃんとしていないモグリの情報屋もいるってことか。ゲーム内でもそういうのがいるのは嫌だな。

「安心して。β版で知り合って何度もやり取りしていた、信用できる情報屋がいるから」

そりゃ心強い。ダルク達が見知った相手なら安心だ。

ただ、β版でのフレンド登録は消えているから相手がどこにいるか分からないし、連絡を取る手段も無いそうだ。

「まっ、いつか見つかった時に売ればいいんじゃない？　向こうも当面はここを拠点にするだろうし、そのうち再会できるよ」

楽観的なダルクの発言だけど、連絡を取る手段が無い以上は仕方ないという結論に至り、今は釣り竿の購入と料理ギルドへ行こうということになった。

移動中は春一番とのことがあってか、時折ダルク達が周囲を見回して警戒している。

いつの間にかダルク達に囲まれ、護衛されている気分で訪れたのは、生活用品からちょっとした武器まで幅広く扱っているという雑貨屋。

ダルクが欲しがっている釣り竿は、海や湖が無いファーストタウンでは雑貨店か武器屋にしか売っていない。しかも武器屋のだと釣りだけでなく武器としても使える分、釣りにしか使えない雑貨店の釣り竿よりも値段が高いから、安く買える雑貨店で買うそうだ。

売られている釣り竿はどれも低品質だけど、まだ序盤のファーストタウンだからこれで十分のようで、ダルクは予備も含めて二本の釣り竿を購入した。

「次は料理ギルドだね！」

買ったばかりの釣り竿を、雑貨店からずっと手にしているダルクが元気よく告げる。

鎧に釣り竿っていうミスマッチな姿に苦笑しつつ料理ギルドへ移動。

ギルド内に他のプレイヤーがいない中、掲示板からオリジナルレシピを提供する用紙を取り、毎度お馴染みのおばさん職員がいる受付へ行って依頼を受け、レシピを提供して報酬を受け取った。

これで料理ギルドへ提供したオリジナルレシピは、合計四つか。

『プレイヤー・トーマさんへ、運営よりお報せです』

うん？　なんだ？　運営からだなんて、ただごとじゃないな。

『料理のオリジナルレシピを三つ以上、最速で料理ギルドへ提供したことを確認しました。プレイヤー・トーマさんには報酬として、【クッキング・パイオニア】の称号が与えられます。以上で、お報せを終了します』

称号ってなんだ。そもそも、今のアナウンスはなんだったんだ。

「どうかした？」

「いや、今のアナウンスはなんだろうなって」

「アナウンス？　そんなの聞こえなかったわよ？」

あれ？　そんなはずは……。

「何か聞こえた？」

「全然」

「アナウンスなんて、流れていないわよ？」

俺以外には聞こえていなかったのか？　一体どうなっているんだよ。

「あっ、ひょっとして個別アナウンス？」

「「「それだ！」」」

アナウンスの正体に気づいたセイリュウの言葉に、ダルクとカグラとメェナが同意した。

言葉から察するに、俺個人へ向けられたアナウンスってことなのは分かる。

最初に俺へのお報せって言っていたし、それで間違いないんだろう。

だけど、なんでそんなことが起きたんだ？

「トーマ、個別アナウンスの内容はそのプレイヤーにしか聞こえないんだけど、なんてアナウンスされたの？」

えっと確か、さっきのアナウンスの内容はこうだったな。

「料理のオリジナルレシピを三つ以上、最速で料理ギルドへ提供したことを確認したから、報酬として【クッキング・パイオニア】の称号を与えるって」

「「「称号⁉」」」

うおっ⁉　なんだ、急に大声出して。

直後にダルク達はハッとして、辺りをキョロキョロ見回すとホッと胸を撫で下ろした。

『クッキングパイオニア』
称号が与えられます

「ふう、他のプレイヤーがいなくてよかったわね」

「驚いて、思わず口にしちゃったものね」

なんだ？　ひょっとして、他人に聞かれたら不味いことなのか？

「もうトーマってば。そういうことは無暗に口にしないでよ！」

いや無茶言うな。俺初心者、その辺のこと分からない。

「えっとね、トーマ君。称号っていうのは、凄いものなんだよ」

ダルク達によると、称号は一定の条件を満たさないと入手できない特別なもので、誰でも入手できるものと、最初に条件を満たした人だけが入手できるものがあるらしい。

入手できれば特典として金を貰ったり、ステータスが上昇したり、少し特別なスキルを入手したり、通常ならレベルアップ時に得られる新たなスキルの入手やステータスの強化に必要なポイントを入手できる。

中にはイベントの報酬として、特別な効果が無い名誉称号なんていうのもあるけど、そういった類の称号であっても、称号を欲しがらないプレイヤーはそういないらしい。

「なるほど、図らずも俺はそれを入手したってことだな」

「どうしてそんなに冷静なのさ！」

「落ち着いてダルク。トーマ君は初心者だから、よく分かっていないのよ」

カグラの言う通りだ。この称号っていうのが、どれだけ凄いものなのかよく分からない。

「トーマ君。アナウンスでは最速で、って言っていたんだよね？」

「ああ」

「だとしたらユニークタイプの称号ね。なおさら安易に知られるわけにはいかないわ」

どうやらこの称号は入手できた俺だけの特別なもので、他のプレイヤーに知られたら嫉妬（しっと）の対象になる恐（おそ）れがあるから、知られるわけにはいかないそうだ。

「ちなみにその称号って、どんな効果なの？」

「さあ？」

「ステータス画面、開いて調べて！」

はいはい。えっとステータスを開いて……称号を見るにはどうすればいいんだ？

分からないからやり方を教えてもらい、その通りに操作をして称号の詳細（しょうさい）を表示させる。

称号【クッキング・パイオニア】
解放条件：料理のオリジナルレシピを三つ以上、最速で料理ギルドへ提供
報酬：賞金４０００Ｇ獲得（かくとく）　ポイント３点取得
効果：オリジナルレシピを料理ギルドへ提供する依頼を達成時、貢献度が上がりやすい

バフ効果：所持者の器用を＋３

へえ、オリジナルレシピを提供する依頼を達成した時、貢献度が上がりやすくなるのか。

これはいいな。新しい調理器具や食材が手に入りやすくなる。

感心しながら頷き、見せてとねだるダルク達にも見せたら難しい表情をされた。

「トーマ以外、集合！」

離れて手を上げたダルクが、カグラとセイリュウとメェナを呼び寄せた。

四人はそのまま頭を突き合わせる形で集まって、ヒソヒソと内緒話を始めた。

称号に関して話しているんだろうけど、なんで当事者の俺をハブるわけ？

いくら初心者とはいえ、当事者は俺なんだけど？

「じゃあ、そういうことで」

「「「オッケー」」」

どうやら話し合いは済んだようだ。

長引きそうなら依頼の掲示板を見に行くところだったよ。

「トーマ、それは絶対に口外しないでね！」

「知られたら大騒ぎになって、大勢の人に囲まれるわよ！」

「それと、絶対に一人で町の外には出ないでね！」

「ＰＫ禁止でＰＶＰは拒否していても、ＭＰＫはされるかもしれないからね」

「あ、あぁ」

矢継ぎ早に注意されて思わず頷いたけど、カグラの言ったＭＰＫってなんだ。

さらに、今後の騒ぎ次第では誰かが護衛に付くかもしれないと言われた。

だからなんで。俺は皆のために飯を作っているだけなのに。

「いいね！　約束だよ！」

強い口調でダルクが念押ししてくる。

「分かった、分かったよ。でも一ついいか？」

「なによ」

「ＭＰＫってなんだ？」

真面目に質問したのに、何故か昔のコントのようにずっこけられた。

それから料理ギルドを出て、町中を歩きながらＭＰＫについて教わった。

なるほど。ＭＰＫっていうのは、引き連れたモンスターを他のプレイヤーへ擦りつけて、
そのプレイヤーを殺す違反行為のことか。

「はぁ。まさかログイン初日から、こんなことになるとは思わなかったよ」

「料理の腕で騒がれるのは予想していたけど、これは想定外だったわ」

そんなこと言われても、なっちゃったものは仕方ないだろ。

「このお詫びは美味しいご飯でお願いね」

「私達も頑張ってお金稼ぐから、よろしく」

言われなくともそのつもりだ。俺は飯を作ることしかしない分、料理には全力を注ぐさ。

「さて、一通り用事も済んだし、そろそろ宿に行って寝る？」

そういえばこのゲームはプレイヤーが生活習慣を乱さないよう、ゲーム内の時間で二十二時から五時までの間に睡眠を取ることが推奨されているんだっけ。

睡眠を取らないまま五時を過ぎたら徹夜状態になって、ステータスが半減されてＨＰとＭＰが自然回復しなくなる。

しかも二十二時から五時の間なら六時間で済む睡眠が、徹夜状態になったら二十四時間必要になってしまう。

詳しくはよく分からないけど、何かしらの方法でゲーム内におけるプレイヤー一人一人の睡眠を管理しているらしい。

「えー、まだ時間あるからいいじゃん」

今の時間は二十一時半ちょっと前だから、まだ七時間半は起きていられる。

そういったこともあってか、ダルクが子供っぽいことを言いだした。

まあ今の時代、日付が変わるまで起きていても不思議じゃないからな。

「まだ起きているのは構わないけど、何をするの？」

「それなんだけど、皆で遊楽通りへ遊びに行かない？」

「遊楽通り？」

そこは射的やトランプといった、全年齢向けの遊びを楽しむ店が並ぶ通りのことらしい。

遊ぶものによっては金を賭けられるけど、二十歳未満のプレイヤーは賭け事ができないように設定されており、二十歳以上でも賭けをせずに遊べるから、賭け事が嫌いな人でも安心安全の健全な遊びができるそうだ。

「そういえば、β版では結構楽しめたわね」

「仲間内で賑やかに遊んだり、景品目当てで遊んだりできるから、とても楽しかったわ」

へえ、景品を貰うことができるのか。

だけどこの景品自体は町周辺で手に入る物か、町にある店で手に入る物ばかりで、珍しい物が手に入るということは無いようだ。

でも所持金が少ないプレイヤーや、安い資金でアイテムの補充をしたいと考えるプレイヤー、景品とかを抜きに楽しく遊びたいプレイヤーが利用しているんだとか。

「そこではどういう遊びができるんだ？」

「β版であったのは射的でしょ、輪投げでしょ、トランプだとポーカーとかブラックジャックとか色々あって、的を狙（ねら）ってボールを投げたり蹴（け）ったりするやつもあったよ」

そういったのなら、老若男女（ろうにゃくなんにょ）問わずに楽しめそうだ。

単純にそこで遊ぶのを目的にするプレイヤーがいるのも、納得（なっとく）できる。

「どうかな？　ちょっと行ってみない？」

とか言いながら、行く気満々のダルクが体をソワソワ揺（ゆ）らしている。

これは行かないと言えば、煩く駄々（だだ）をこねるパターンだ。

カグラ達もそれを分かっているから、呆（あき）れたり苦笑したりと各々（おのおの）の反応を見せる。

「いいんじゃないかしら。まだ時間があるのは確かだし」

「あまり遅（おそ）くならなければ、構わないと思うよ？」

「はあ……分かったわ。ただし、遊ぶのは遅くとも日付が変わるまでよ。明日も予定があるんだから」

「わーい！　ありがと！」

なんというか、観光地へ旅行に来た一家みたいなやり取りだな。

そんなことを考えつつ、ダルク達の後に続いて遊楽（ゆうらく）通りとやらへ向けて出発した。

第七章　挑戦することになった

　ダルク達に案内されて連れて来られたのは、商店街の入り口にあるようなアーチ状の看板が目立つ通り。

　看板にはプレイストリートと書かれていて、通りには多くの建物が並び、そこから漏れた光が街灯以上に夜道を照らしている。

「なあ。名前、遊楽(ゆうらく)通りじゃないぞ」

「そっちは誰かが呼び出した別名なのよ」

「昼間もやっているけど、夜だとなんとなく歓楽街(かんらくがい)っぽい雰囲気(ふんいき)があるから、そう呼ぶのが主流になっちゃったのよ」

　本名よりもあだ名や二つ名が有名になったパターンか。

　ともあれ足を踏(ふ)み入れると、それぞれの建物の入り口にはギルドや商店と同じく絵柄(えがら)と文字の二種類の看板が掲(かか)げられていて、あっちこっちから賑やかな声が聞こえてくる。

　それがプレイヤーによるものなのか、それとも雰囲気を出すためにＮＰＣが出しているものなのかは分からない。

でも、この場の空気に当てられたのか楽しそうな気がしてきた。

「トーマ、どこに行くか決めていいよ」

「俺が決めていいのか？」

「ご飯でお世話になっているからね、少しは楽しんでもらわないと」

ダルクの言い分にカグラもセイリュウもメェナも異論は無いようで、どうぞどうぞどうぞと行き先を決める権利を譲られた。

それなら遠慮なく選ばせてもらうけど、どこにしようか。教わったもの以外にもダーツやチェスや宝探しがあるし、中には迷路や脱出ゲームなんてのもある。

迷っていると、看板にジョブチャレンジと書かれている大きめの建物が目に付いた。

これがどういう遊び場なのかダルク達も分からないようで、本サービスから追加された遊び場かもしれないとのこと。

気になったからここに入ってみると、中は体育館並みに広くて天井も高い。

その中心辺りで、一人の男性プレイヤーが顔も何も無い人形と両手で持つ大きな剣同士で戦っており、距離を取って囲んでいる多くのプレイヤー達がそれを応援したり、戦いの様子を見ながら仲間内で話し合ったりしている。

「さあー、残り時間は一分を切った！　チャレンジャー、ここからどう追い上げるか！」

奥の方にはステージがあり、カウガールの格好をした金髪赤眼の少女ＮＰＣが派手な動きで長い髪と丈の短いスカートを揺らしながら、マイク片手に実況をしている。

そのカウガールＮＰＣの傍には大きなタイマーがあって、残り時間が減っていく。

タイマーとは別に点数表示みたいなのもあるし、これはどういう遊びなんだ？

「いらっしゃいませ。ジョブチャレンジへ、ようこそ」

おぉっ、ビックリした。出入り口のすぐ傍に受付があって、そこにいるディーラー姿の青年ＮＰＣから笑みを向けられる。

「あの、ここはどういうことをするんですか？」

驚いて俺の後ろに隠れたセイリュウが顔を出し、青年ＮＰＣへ尋ねる。

「はい。こちらは挑戦者が課題に挑戦し、稼いだ点数によって景品を得る遊び場です」

青年ＮＰＣの説明によると、ここではプレイヤーが自分の職業に応じた課題に挑戦して、稼いだ点数が高いほど良い景品が得られる遊び場らしい。

「挑戦者が戦闘職の場合は、あの方のように自動制御式の人形と戦っていただきます」

人形と戦う男性プレイヤーの方を見ながら説明が続く。

戦闘職の場合は、自分と同じ武器とステータスとスキル構成をした人形と二分間の戦闘をして、人形へ直接攻撃が当たるか状態異常にすれば点数が加算。攻撃がクリティカルヒットなら点数にボーナスが付く。

ただし、人形からの攻撃を受けるか状態異常にされれば減点になり、クリティカルヒットを受ければ大きく減点されてしまう。

さらに、攻撃が当たっても掠った程度か防御されたら点数は入らず、プレイヤー自身も人形からの攻撃が掠る程度か防御に成功すれば減点は無いとのこと。

最後に補足として、この戦闘でＨＰが減ることは無く、挑戦が終われば状態異常は解除されるから安心してほしいと言われた。

ちなみに、魔法や弓矢を使う場合は戦闘ではなく、動く的を狙う形の挑戦もあるとのこと。

なお、戦闘範囲の外にいるプレイヤー達には一切の被害は出ないそうだ。

「タイムアーップ！　チャレンジャーが稼いだのは二十三点！　景品はモンスタードロップの素材になります！」

説明を受けているうちに、戦いが終わったようだ。

景品を受け取った男性プレイヤーは狙ったのと違ったのか悔しそうにして、人形は立っている場所の床が下がって姿を消した。

「つまり、相手の攻撃を防ぐか避けるかしながら、自分の攻撃を当てればいいんだね」

「なかなか面白そうじゃない」

説明を聞いたダルクとメェナがやる気を見せているけど、参加するつもりか？

「生産職の場合は生産対象によりけりですね。確認されたいのなら、お答えしますよ」

「料理の場合はどういうことをするんだ？」

興味本位で尋ねると、料理の場合はさっきまで男性プレイヤーが戦っていた場所の床下から迫り上がった厨房で、用意された食材と調味料だけを使って一時間以内に料理を一品作り、それを審査役のＮＰＣが試食して出した点数で景品が決まるそうだ。

作る料理は一品のみだけど、薬味や付け合わせを添えるのは構わないとのこと。

使える食材と調味料は、挑戦するプレイヤーがその時点で料理ギルドから購入できるものに限られる。

どうして使える食材が限られているのか尋ねると、それが今の挑戦者に相応しい食材と調味料だからと言われた。

今の説明を聞くに、挑戦時に使える食材と調味料は、料理ギルドの貢献度に連動しているってことかな。

採点方法は詳しくは教えられないそうだけど、料理のレア度や品質や完成度だけで点数が決まるわけではないようだ。

おそらく、システム的になにかしらの計算がされるんだろう。

別に気にならないし、気にするつもりもないからいいけど。

「ということは、トーマ君も挑戦できるね」

「プレイヤーが試食しないのなら、例のアレが気づかれることは無いものね」

「そう言われても、料理に点数を付けられるのはあまり気乗りしないな」

料理は美味いか不味いか、この二択でいい。

そうこうしているうちに新たな挑戦者が人形との戦いを開始したけど、同じ武器で同じステータスのはずなのに人形が有利に進んでいる。

「あの人、戦い方が下手ね」

腕を組んだメェナが、斧を手に戦う男性プレイヤーに対してそう評価した。

「あぁっと、またしても攻撃を避けられた！　この調子じゃ点数を稼げないぞ！」

カウガールNPCの実況に、周囲から野次が飛んで男性プレイヤーは顔を真っ赤にしながら戦うけど、結果は九点。景品は携帯食料だった。

「ふざけんな！　インチキだ！　良い景品出したくなくて、裏で何かやっているんだろ！」

うわー、そうくるか。自分が下手なのを認めないで、運営側のせいにしているよ。

「謂れの無い非難はやめてください。我々はそのようなことはしていません」

「うるせぇっ！　もっと良い景品を寄こしやがれ！」

叫んだ男性プレイヤーはカウガールNPCへ襲いかかり、勢いよく斧を振り下ろす。

ところが襲われたカウガールNPCは、涼しい顔でそれを避けて斧は空を切る。

避けられると思わなかった男性プレイヤーはさらに激高して、周囲の止める声を無視して何度も斧を振るうけど、カウガールNPCはそれを全て避けるから当たらない。

それでさらに頭に血が上ったのか、止めに入ったプレイヤー達にまで攻撃する始末。

さすがにこれは不味いと思っていたら、男性プレイヤーの周囲にノイズが走って保安官姿の男達が現れた。

『ホールドアップ！』

ホルスターから銃を抜いた保安官達が、銃口を男性プレイヤーへ向けて構えた。

「な、なんだ、お前達は⁉」

驚く男性プレイヤーは動きを止め、自分を囲む保安官達を睨む。

「我々はUPO運営部の者だ」

「NPCへの悪意ある攻撃を検知し、ログを確認した。仲裁に入ったプレイヤー達への攻撃行為も含め、規約に従ってあなたのアカウントを一時的に凍結させてもらう」

運営の人達か。西部劇のような世界観だから、取り締まる側は保安官姿なのかな。

「ふざけんな！　全部お前らが悪いんだ！」

あの状況でなお吠えるか。往生際の悪い。

「喚く前に、己の行動を顧みることだな。撃てぇ！」

合図と共に保安官達が一斉に発砲すると、男性プレイヤーの動きが止まって全身にノイズが走って消えた。

構えを解いて銃を腰のホルスターへ戻した保安官達は、周囲へ向けて頭を下げる。

「お騒がせしました」

「皆様。我々は違反者に対し、この通り厳重に対処します。なので、安心してUPOをお楽しみください。では、失礼します」

そう言い残して保安官達の姿は消えた。

沈黙していた場はざわつきだし、中にはホッと胸を撫で下ろすプレイヤーもいる。

「あらあら、あの人やらかしちゃったわね。まるで見せしめに使われたみたいじゃない」

カグラの言う通り、このゲームは違反者に対して厳しいという姿勢を示すため、見せしめに使われた感があるな。まっ、それだけのことをしたんだから自業自得か。

「さあ皆さん！　ちょっと騒動がありましたが、気にせずいきましょう！　次のチャレンジャーは誰だぁ？　我こそはというチャレンジャーは、名乗りを上げろー！」

「はいはーい！　僕がやるー！」

カウガールの呼びかけにダルクが応え、駆け出していく。

出遅れたメェナが、次は私よと言いながら拳同士をぶつけている。

「他の方々もいかがですか？　現在はサービス開始を記念して、期間限定の景品としてこの辺りでは手に入らないレアアイテムをご用意してありますよ」

開店記念とかで、期間限定の特別価格で商売をするようなものか。

「あの、お料理の期間限定の景品は、どんなレアアイテムが貰えるの？」

セイリュウ、なんでお前がそれを聞くんだ。物によっては食べたいのか？

「料理ですと、通常は審査員による点数が八十点以上で一番の景品が手に入りますが、サービス開始記念の期間中である現在は、九十点以上を出せれば特別な景品としてご用意した、クラーケンの身を差し上げます」

クラーケン、っていうと大型船を沈めるくらいデカいイカだったよな。このゲームではあれが食えるのか。

イカなら煮ても焼いても炒めても揚げても美味い、ある意味万能な食材だから持て余すことは無い。新鮮なら生でもいけるけど、このゲームでは生だと美味くないから残念だ。

「トーマ君！　お願い、クラーケン取ってきて！　食べてみたい！」

うおぅ、こっちを見上げながらセイリユウが正面から迫ってきた。というか、取ってきてと言われてもな。

「私からもお願いできないかしら。だってクラーケン、食べてみたいんだもの」

「料理に点数を付けられるのは気が乗らないでしょうけど、お願いできる？　クラーケンを取ってきて、食べさせてちょうだい」

右後方に回り込んだカグラと、左後方に回り込んだメェナからも要望が入っただと⁉

正面からは鼻息荒い上目遣いのセイリユウ、右後方からは開いた扇で口元を隠して微笑むカグラ、左後方からは腕を組んで斜め四十五度に立ち不敵な笑みを浮かべるメェナ。

逃げ場のない、三方向からの食べたいオーラと期待の眼差しが強くて、とても断れそうにない。しかもこの圧力は、断ってもしつこくお願いしてきそうだ。

「……はあ。分かったよ、やるだけやってみる」

「「「やった！」」」

圧力に屈して渋々了承すると、三人は包囲網を解除して嬉しそうにタッチを交わした。

料理に点数を付けられるのは気が乗らないけど、俺もクラーケンには少なからず興味があるから、別にいいけどさ。

「料理する以上は全力でやるけど、取れなくても文句言うなよ」

「「はーい」」

子供か。法律的には未成年だけど、もう少しちゃんとした返事をしろ。

「タイムアーップ！　チャレンジャーが稼いだのは二十九点。景品はモンスタードロップの素材になります！」

いつの間にかダルクの挑戦が終わって、景品に納得がいかない様子で帰ってきた。

「あーっ！　もうちょっとで武器だったのに！」

「お疲（つか）れさま、ダルク。じゃあトーマ、頑張ってね」

「はいよ。次は俺が挑戦する」

メェナに送り出され、次の挑戦者を募（つの）るカウガールＮＰＣへ名乗り出る。

「えっ？　トーマが挑戦するの？」

「うふふ。そうよ、うまくいけばクラーケンが食べられるのよ」

「なにそれ詳しく！」

カグラ達（たち）がダルクに説明している間に前へ進み出て、カウガールＮＰＣへ職業を伝える。

「おぉっと！　料理人は君がファーストチャレンジャーだよ！　どんな料理を作るか楽しみだね！」

カウガールNPCがマイクに向けてそう言うと、プレイヤー達がどよめいた。

「料理人って……」

「いるんだな」

「実際の腕が必要って聞いたけど、彼はどうなのかしら」

懐疑的な反応が多い中、挑戦者には必ず行われるスキャンっていうのをされ、赤い光の線が体の表面を上下に走る。

これによってデータを調べ、戦闘職ならステータスと武器とスキルをチェック、料理人の場合は現状料理ギルドで買える食材と調味料をチェックしているんだとか。

それが終わってカウガールNPCが指を鳴らすと、床が開いて厨房がせり上がってくる。

ゲームとはいえ大掛かりな仕掛けだなと思って見ていたら、カウガールNPCからチャレンジャーの調理の妨げにならないよう、他のプレイヤーはこの厨房へ一定距離以上近づくことができないと説明された。

そういった措置は助かる。万が一にも邪魔されたくないし、近づかれなければ料理のバフ効果とやらに気づかれなくて済むからな。

「チャレンジャーには五分の確認時間が与えられるわ。その間に設備と食材をチェックしてね。五分を過ぎたら、強制的に調理開始よ！」

確認時間があるのはありがたい。すぐに確認を始めると、準備されている食材と調味料は、本当に今の俺が料理ギルドで購入できるものばかり。

でもって設備は作業館とほぼ同じで、違うのはオーブンが設置されていることくらい。

問題はこれで何を作るかだな。……よし、あれでいこう。

前掛けとバンダナを表示させ、カウガールＮＰＣにいつでもいいと声を掛ける。

「オッケー、準備できたのね。それじゃあ、制限時間は一時間。クッキング、スタート！」

ホルスターから銃を抜いたカウガールＮＰＣが、天井へ向けて発砲したのを合図に制限時間が減りだし、それとほぼ同時に調理開始。

鍋に水を張ってコンロで火に掛けたら包丁を装備し、タマネギの皮を剥いてキャベツから芯を抜いて、これらをバットへ載せておく。

お湯が沸いたのを確認したらボウルへ小麦粉を入れ、火を最弱にして塩とお湯を別のボウルへ入れて小麦粉に加えながら生地を作り、塊になった生地をしっかりこねて寝かす。

この間にタマネギとキャベツの芯をみじん切りに。キャベツの芯だって可食部だから、使わないと勿体ない。

「エキサイティング！　チャレンジャー、見事な包丁使いで食材を仕込んでいきます！」

やや近い距離でカウガールＮＰＣが実況しているけど、騒がしいのは実家の店で慣れているから問題無い。飲食店の喧噪、甘くみるなよ。

「見てよ、あの切る速さ」

「ネタで料理人を選んだ奴かと思ったけど、違うみたいだな」

次は芯を抜いたキャベツをみじん切りにしてまた別のボウルへ入れ、塩を振って塩もみしたら出てきた水分を絞って流しへ捨て、みじん切りにしたキャベツの芯とタマネギを加える。

この間に生地の寝かしが済んだから、まな板を洗って備え付けの布巾で水気を拭き取る。そのまな板に薄く小麦粉を敷いて寝かせた生地を置き、ローラーで伸ばしてちょうどいい厚さと大きさになったら、包丁で掌くらいの正方形に切り分けてバットへ移す。

再度まな板を洗って拭いて、タックルラビットのモモ肉を薄切りにしてさらに細かく切り分けたら、左手にも備え付けの包丁を装備して二刀流で肉をミンチ状にする。

フードプロセッサーもミキサーも無いから、ひき肉を用意するならこうするしかない。

そういった道具が壊れた時に備えて練習しておけって、父さんに仕込まれたんだよな。

『おぉー!』

「ワァオッ! このチャレンジャー、両手に包丁を持って肉をミンチにしているわ! なんてアメージングなのかしら!」

ミンチ状にした肉はタマネギとキャベツと同じボウルへ移し、肉と野菜をよく混ぜる。途中で塩と胡椒を入れ、さらに混ぜ込んで全体に味付けをしたら餡の完成。

手を洗ったら薄い正方形に切り分けた生地にスプーンで餡を載せ、三角にするように折り畳んで辺の部分をひだにして形を整え、別に用意したバットへ並べていく。

「あれって餃子か？」

「でも皮が丸くないぞ」

「別に丸じゃなくても、皮は皮だろ」

そう、誰かが言った通り、作っているのは餃子だ。

皮を丸く作らなかったのは、同じ大きさと厚みの丸形の皮を何枚も作り続けることが、今の俺にはできないからだ。

だから代替案として、適度な厚みに伸ばした生地を正方形に切り分けた。

これなら今の俺でも均一の大きさと厚みの皮を作れるから、焼いた時の火の通りにムラが出ることは無い。

絶対に皮が丸じゃないといけないわけじゃないし、四角でも包めないことはない。大事なのは皮を丸にすることじゃなくて、皮で餡をしっかりと包むことだ。

包む作業は手間だけど、毎日のように店でやっているし、数だってもっとたくさん包んできたから、これくらいの数は問題無い。

「さあ思いもよらぬ手際の良さを披露するチャレンジャー、時間はまだ余裕があるぞ！」

餃子の包みが完了したら火に掛けたままの鍋の火力を最弱から少し上げ、もう一方のコンロにフライパンを用意して加熱させ、温まったら少し多めに油を敷く。

油が温まった頃合いを見計らったら、手早く餃子を並べて焼く。

「さあ調理工程は焼きに入った！　実に良いサウンドが響いているわ！」

「音がもう美味い。これだけで腹が減る」

「おかしい。満腹度はそれほど減っていないのに、どうして腹が減った感じになるんだ」

「今すぐログアウトして餃子を食いたいが、まだ見たい。どうすればいいんだ……」

見物人達が騒ぐ声は聞き流し、皮に焼き色がついてきたらお玉を手に取り、火に掛けている鍋からお湯を掬ってフライパンへ注ぎ、蓋をして蒸し焼きにする。

「お湯？　水じゃないのか？」

「そしたらフライパンの温度が下がるからじゃない？」

誰が言ったか分からないけど、正解。水を注いでフライパンの温度が下がったら、蒸し焼きになるまで時間が掛かって、皮が余計な水分を吸ってしまう。

それを避けるために実家ではお湯を使っていることもあって、お湯を使うんだ。

注いだお湯が無くなったら蓋を取り、最後に全体へ油を少量かけて皮をパリッと焼き上げたら、フライ返しで皿へ盛って完成だ。

タックルラビットの味付き焼き餃子　調理者：プレイヤー・トーマ
レア度：２　品質：８　完成度：９３
食事効果：満腹度回復１８％
バフ効果：ＨＰ最大量＋２０【２時間】　体力＋２【２時間】
パリッと焼けた皮を噛(か)むと肉汁(にくじゅう)が溢(あふ)れる味付き餃子
タマネギとキャベツの甘みと塩と胡椒で、アッサリな味付け
そのままでも美味しく食べられます

おおっ、完成度が今までで一番高い。やっぱり店で毎日のように作っているからかな。それ以外の表示されている情報に問題は無い。さて、ＮＰＣ相手とはいえ不味い料理を出すわけにはいかないから、肝心(かんじん)の味見をしよう。
「チャレンジャー、調理は完了しましたが最後に味見をします。さあ、納得のいく仕上がりになっているのか！」

端にある一つをフォークで小皿へ移してから刺し、口へ運ぶ。……うん、皮はパリパリで中にはしっかり火が通っていて、塩と胡椒で味付けした野菜多めの餡も美味い。肉汁はしっかり封じ込められているし、野菜の甘味もしっかり出ている。

これなら問題無いと判断し、味見に使ったフォークを置き、焼き餃子を載せた皿を出す。

「焼き餃子、上がったよ！　っと……」

やばっ、つい店のノリが出た。周囲はきょとんとし、ダルク達は笑いを堪えている。

えぇい、試食用に別のフォークを置いたら、後片付けをして視線から逃げてやる。

「オッケー！　調理完了ね！　ではこれより、審査に移るわよ！　当施設における味見専門の審査員、カモン！」

カウガールＮＰＣがそう告げて指を鳴らすと、厨房前の床が開いてスモークが噴き出た。

そこから上がってきたのは、歩行補助の杖を手にしてモノクル眼鏡を掛け、白い髪と髭を生やしてスーツを着ている、威厳のある雰囲気を放つ初老の男性ＮＰＣだった。

「こちらが当施設における味見専門の審査員、アジカイザーです！」

いや、それって本名じゃなくて通称じゃないか？

紹介されたアジカイザーは料理の前に立ち、用意しておいたフォークを右手に持つ。

「では、試食をどうぞー！」

無言で頷いたアジカイザーが、焼き餃子を一つ刺して口にする。

後片付けを終えて様子を見守る俺よりも、何故かダルク達や見物のプレイヤー達の方が緊張した面持ちをしている中、目を閉じて咀嚼したアジカイザーは大きく目を見開いた。

「デーリーシャースー！」

のけ反りながら上げた大声で、施設内の空気がビリビリと震える。西部劇風の世界だから英語なのはともかく、うるさい。

「ワァオッ！　チャレンジャー、なんとアジカイザーにとって最高評価の証、のけ反ってのデリシャスをいきなり叩き出した！」

えっ、あのリアクションって最高評価の証なのか？

カウガールNPCの説明にちょっと驚いた直後、体勢を戻したアジカイザーは左手に持つ歩行補助の杖を放り捨てて皿を持ち上げ、直接口に付けるぐらい皿を近づけてフォークで流し込むように焼き餃子を食いだした。

「パリッとした心地よい食感の皮を噛むと、味付けされた餡のジューシーな旨味が溢れ出る！　しかも餡は野菜多めにしているからくどさが緩和され、飽きずにいくらでも食べられるように調理されておる！」

皿から口を離して咀嚼しながら解説を口にするアジカイザーは、喋り終えるとまた流し込むように食べだした。

そうした反応をしてくれるのは、ＮＰＣ相手でも嬉しい。

でも行儀悪いから、解説とはいえ食いながら喋るんじゃない。

「しかも、単に野菜を多めにしただけではない！　下手に野菜を多くすればその分、水分が出て水っぽくなってしまう。しかしキャベツを塩もみにして余計な水分を抜くことで、水っぽくなるのを防いで肉汁の旨味が損なわれるのを防いでおる！」

調理工程を見ていないのにそこまで分かるなんて、よほど味に鋭い設定にしてあるのか、それとも調理中の様子がデータとして伝わっているのか。

どっちでもいいけど、咀嚼しながら喋るのはいただけない。

「そしてこれは、餡に塩胡椒で味付けをしておるな！　キャベツを塩もみにしたにも拘わらず塩味が強いということはなく、胡椒の刺激で全体の味わいのバランスが崩れるでもなく、実にちょうどいい塩梅！　タックルラビットの肉の旨味と野菜の甘みを引き立てておるから、何もつけずこのままでも食べられる味をしておる！」

餡に味付けをするなら、下ごしらえで使った塩や香辛料のことを考えてやれ。

祖父ちゃんと父さんから、そう教わっておいて良かったよ。

「改めてこう言おう！　デーリーシャースー！」

空になった皿を勢いよく置き、フォークを手放したアジカイザーは再びのけ反るように上を向くと、また大声で吠えて空気が震える。

運営よ、何を思ってこの審査用NPCを作った。

味の解説はともかく、正直うるさいし行儀も悪いぞ。

「なんと！　料理人初のチャレンジャーがアジカイザーの最高評価、のけ反ってのデリシャスを二回も叩き出した！　これは点数も期待できるぞ！」

『おぉー！』

「やった！」

「さっすがトーマ！」

最高評価って言葉でプレイヤー達から歓声が上がり、ダルク達も喜んでいる。

だけどまだ点数は出ていない。

全力で料理したけど、クラーケンが手に入らなくても文句言うなよ。

そう思っている間に杖を拾い、佇まいを直したアジカイザーが咳払いをする。

「おほん。実に美味い料理だった。アジカイザーの名において、九十三点の評価を出す！」

『おぉーっ！』

目を見開いて出された点数に、またプレイヤー達から歓声が上がった。

なんとか九十点以上を出して期待に応えられたけど、やっぱり料理に点数を付けられるのは複雑な気分だ。

「やったっ！　クラーケンゲットだ！」

「クラーケンが食べられる……」

「トーマ君、ありがとー！」

「どんな味なのか楽しみだわ！」

結果に喜ぶダルク達が四人でハイタッチを交わした後、こっちへ手を振ってくる。

「ワンダフル！　見事九十三点を叩き出したチャレンジャーには、サービス開始記念の期間限定品、クラーケンの身を景品として贈るわ！」

カウガールＮＰＣがそう言うと、目の前にクラーケンの身がアイテムボックスへ収納されました、っていう文章が表示された。

確認のため表示を消してアイテムボックスを調べると、確かにクラーケンの身がある。

「さらに！　料理人で初のサービス開始記念の景品を入手した彼には、副賞としてファーストタウン周辺で手に入るモンスタードロップの素材から、ランダムに選ばれた一種類を十個と賞金五千Ｇをプレゼントよ！」

えっ、そんなのもあるのか？

聞いていないけど貰えるのなら貰っておこう。

「勿論、他の職業でもこうした副賞を用意しているから、他の職業の皆もサービス開始記念の景品を目指して頑張ってね！」

『おぉーっ！』

プレイヤー達から上がった雄叫びを聞きつつ、副賞の品を確認する。

ランダムに選ばれた素材はスケルトンボアの骨？

こんなの何に……いや、使えないことはないか。

使い道を思いついた直後、カウガールＮＰＣに右腕を掲げさせられて称賛されたり、居合わせたプレイヤー達に囲まれたり、こうなると分かっていたかのように対処してくれたダルク達からクラーケンの身を入手できたことを褒められたりと、少しばかり大変だった。

でも本当に大変だったのは、遊ぶだけ遊んで宿を探している最中に、明日の朝飯について尋ねたら、睡眠中でも満腹度と給水度は減少するから、起きた後で食べる飯が必要だと言われ、急遽皆で作業館へ向かって飯を作ったことだ。

ちなみにダルク達が付いてきたのは、ジョブチャレンジの件が広まって、それを聞いて絡んでくるプレイヤー対策なんだとか。

幸いにもそんなことは起きなかったものの、そうしたちょっとしたドタバタを挟み、どうにか宿を確保した俺達はようやく眠りに就いた。
といってもシステム的な要因なのか、寝たのは体感で一瞬だけ。
気づけば朝になっていて、時間も六時間経過していた。
運営よ、これでプレイヤーの生活習慣を乱さない対策になるのか？

第八章　たくさん作っとく

宿の部屋で迎えたゲーム内二日目の朝。

別々の部屋に泊まったダルク達と食堂で合流し、昨夜に急遽作った朝飯をアイテムボックスから出す。

「はいよ、中華揚げパンな」

中華揚げパン　調理者：プレイヤー・トーマ
レア度：１　品質：７　完成度：９１
食事効果：満腹度回復１１％
バフ効果：ＨＰ最大量＋１０【２時間】　体力＋１【２時間】
中国で食べられている揚げパン
パンとあるが主食ではなく、粥やスープに添えられるおかず
日本で言うところの揚げ麩のようなもの

揚げ物なので素朴な味わいながら食べ応えはある

＊小麦粉に塩と油を加え、ぬるま湯を注ぎながら生地を作り、発酵スキルで発酵させる
＊発酵させた生地のガス抜きをして、ローラーで伸ばしては数回折ってを何度か繰り返す
＊厚みを残して伸ばした生地を包丁で縦長の形に切り分ける
＊縦長に切り分けた生地を一本ずつ、捩じりパンのように数回捩じって油で揚げる
＊こんがり揚がったら網をセットしたバットの上に載せて油を切って完成

中国では油条と書いてヨウティヤオとかヤウティウって呼ぶ、日本で言うところの中華揚げパン。

子供の頃に祖父ちゃんがよくおやつに作ってくれたけど、説明にある通り本来はおかず扱いだから甘くないし、単体を食べるんじゃなくてちぎったものをお粥やスープに入れて食べるものだ。

今回はこれに加え、揚げる前の生地に砂糖や胡椒、スキルで乾燥させたハーブと塩を混ぜたハーブソルトを、それぞれまとわせて揚げた中華揚げパンも作った。

中華揚げパン・砂糖味　調理者：プレイヤー・トーマ
レア度：１　品質：７　完成度：８９
食事効果：満腹度回復１３％
バフ効果：ＨＰ最大量＋１０【２時間】　知力＋１【２時間】
中国で食べられている揚げパンを甘くアレンジ
おかずが一転、まるで菓子（かし）パンのように
現実なら高カロリーなのは気にしないでください

中華揚げパン・胡椒味　調理者：プレイヤー・トーマ
レア度：１　品質：７　完成度：９０
食事効果：満腹度回復１２％
バフ効果：ＨＰ最大量＋１０【２時間】　俊敏（しゅんびん）＋１【２時間】
中国で食べられている揚げパンをピリ辛（から）にアレンジ
適度な辛さが食欲を刺激し、しつこさを軽減
本来通り、粥やスープにちぎって入れても合うでしょう

中華揚げパン・ハーブソルト味　調理者：プレイヤー・トーマ
レア度：１　品質：７　完成度：８５
食事効果：満腹度回復１１％
バフ効果：ＨＰ最大量＋１０【２時間】　魔力＋１【２時間】
中国で食べられている揚げパンを香り高い塩味にアレンジ
ハーブの香りに食欲が誘われ、塩気で後口のしつこさを軽減
本来通り、粥やスープにちぎって入れても合うでしょう

味付けを変えるだけで満腹度だけでなく、バフ効果とやらも微妙に変化したし、昨夜の味見ではどれも美味かった。

とはいえ、こんな急場凌ぎの単純な飯で悪いなと思っていたんだけど……。

「朝から揚げ物、サイコーッ！　サックサクの食感と食べ応えがいいよ！」

揚げ物大好きダルクが、両手に持ったプレーンの中華揚げパンを貪るように食べている。

「ゲーム内だから、甘い揚げ物でも罪悪感が無いわね。熱で溶けた砂糖でパンがコーティングされて微かにパリッとして、素朴な味にちょうどいい甘さを加えているわ」

甘いものが好きなカグラは、ちゃっかり砂糖味を確保して満面の笑みでじっくり味わう。

「ハーブソルト味、結構美味しい。ハーブの香りがする、歯応えのある塩パンみたい」

まるでハムスターのように、ハーブソルト味を口に詰め込んだセイリュウが微笑む。

「胡椒味もいいじゃない。ハーブとは違った香りと、ピリッとした辛さが気に入ったわ」

冷静な表情のメェナだけど、胡椒味を中心に次から次へと夢中で食べていく。

四人とも、昨夜に作業館で調理していた時から食べたそうだったからな。

それから数十分で中華揚げパン四種は一つ残らず食べ尽くされ、町の外で入手したい物があるというダルク達と宿の外で別れた。

さてと、今日は昨夜のようなことを繰り返さないために料理を作りだめしておくのと、二つほど試作をするために作業館で調理三昧だ。

幸い称号を得た際に貰った報酬とジョブチャレンジの賞金で、予算はそれなりにある。

というわけで、料理ギルドで必要な食材と食器を買い足し、他に必要な物を商店で購入したら作業館へ向かう。

受付で一階の作業場の空いている作業台を借り、その作業台の前に立ったら非表示にしていた前掛けとバンダナを表示させる。

「なあ、あそこにいるサラマンダーってさ」

「噂のやつか？」

「ちょっと様子を見ようぜ」

急に周りがざわつきだしたけど、気にせず調理三昧いってみよう。

まずはキャベツを数個、洗って千切りにしたらボウルに入れて塩を加えてよく混ぜる。

十分混ざったら商店で購入した蓋付きの瓶へ、キャベツだけでなく塩気で出てきた水分も一緒に詰める。

本当ならここで重しを載せて蓋をするんだけど、ちょうどいい重しが無いから限界までキャベツを詰め込み、蓋をグッと押し込んで固定して重しの代わりに。

同じ要領で塩もみキャベツの瓶詰を作れるだけ作ったら、一つの瓶を対象にして中のキャベツへ発酵スキルを使う。

するとキャベツから染み出た水分が全体を浸して、上の方に白濁した細かい泡が出てきた。これでザワークラウトができたはずだけど、どうだろうか。

ザワークラウト　調理者：プレイヤー・トーマ
レア度：1　品質：8　完成度：84
食事効果：満腹度回復7％
バフ効果：俊敏＋1【2時間】

キャベツと塩だけで作ったお手軽発酵食品
酸味が効いているから口の中がサッパリします
漬け込み期間によって、酸味の強さが変わります

表示内容ではザワークラウトになっている。なら、味はどうだろうか。

蓋を開けてフォークで取って試食すると、発酵の作用で酸味が効いていて美味い。

「なるほど、ザワークラウトか」

「あれなら俺にも作れそうだ」

「でもお前、調理スキル無いだろ」

成功を確認できたから、残りの瓶にも発酵スキルを使ってザワークラウトを作ったら、瓶ごとアイテムボックスへ入れておく。

使ったまな板とボウルを洗ったら、次はハーブを乾燥スキルで乾燥ハーブにしてバットの上でパラパラにしておき、ここへ小麦粉と塩と胡椒を加えて混ぜる。

鍋に油を溜めてコンロで熱している間に、料理ギルドで買い足したタックルラビットの胸肉、それとダルク達から貰った豚のロース肉を一口大に切り、熱した油に小麦粉を撒いて温度を確認。

ちょうどいい温度になっているから試作のため両方の肉を一つずつ取り、小麦粉と塩と胡椒と砕いた乾燥ハーブを混ぜた粉を纏わせて油へ投入。肉が揚がる音が響き渡る。

「うおぉぉおっ。良い音をさせてやがる」

「チートデイは明後日よ、今日は我慢しなさい、私」

「これが揚げ物の魔力か」

しっかり揚がったら網をセットしたバットに載せ、油を切って完成だ。

タックルラビットの唐揚げ　調理者：プレイヤー・トーマ
レア度：2　品質：7　完成度：92
食事効果：満腹度回復18%
バフ効果：俊敏+2【2時間】　器用+2【2時間】
カラッと揚がってサックリ美味しい熱々の唐揚げ
衣に混ぜられた塩と胡椒と砕いた乾燥ハーブが良い味付け
胸肉なので歯応えがあるアッサリ味

豚ロース肉の唐揚げ　調理者：プレイヤー・トーマ

レア度：2　品質：8　完成度：91
食事効果：満腹度回復20％
バフ効果：体力＋2【2時間】　腕力＋2【2時間】
カラッと揚がってサックリ美味しい熱々の唐揚げ
衣に混ぜられた塩と胡椒と砕いた乾燥ハーブが良い味付け
ロースなので噛んだら口の中は美味しい脂の海と化す

味の方は……うん、どっちも悪くない。

今日は調理三昧の予定だから、手っ取り早く衣に味付けをしたけどいいじゃないか。

「よし、この調子で揚げるか」

味見が済んだら次の肉へ衣を纏わせて揚げる。

予め全部の肉に衣を纏わせておけば楽だけど、それは絶対にしない。

というのも、予め衣をつけておくと最初の方はともかく、最後の方は衣が肉の水分を吸った状態になって味と食感が落ちるからだ。だから手間が掛かろうとも、揚げ終わってから次の肉へ衣を纏わせる。揚がった唐揚げは油を切ったらトングで皿へ盛り、載せられなくなったらアイテムボックスへ入れる。

これを用意した肉が無くなるまで続け、数皿にも及んだ唐揚げは全てアイテムボックスへ収められた。

「次」

唐揚げ作りで使った道具を洗い、次の料理に使う道具と材料を準備して調理再開。

商店で買っておいた大鍋を取り出し、これに水を張って火に掛けたら、昨日作った乾燥野菜出汁の野菜スープを作るため、残り少ないシイタケとエノキとエリンギを全部、それとニンジンとトマトを切って乾燥スキルで乾燥野菜にして鍋へ入れて煮込む。

スープの仕込みが済んだら豚のバラ肉とキャベツを一口大に切り、ニンジンは短冊切り、タマネギはくし切りにする。

ここでスープの確認をして灰汁を取って火加減を調整したら、空いているコンロでフライパンを火に掛け、油を敷いて熱したら肉を焼く。

火が通ってきたら一旦皿へ除け、火が通り難いニンジンとタマネギを炒め、頃合いを見計らってキャベツや一旦除けた肉を加えて炒め、塩胡椒で味付けして肉野菜炒めの完成。

肉野菜炒め　調理者：プレイヤー・トーマ
レア度：１　品質：８　完成度：９２

食事効果：満腹度回復15％
バフ効果：体力＋1【2時間】　腕力＋1【2時間】
豚のバラ肉と野菜を使った定番料理
シンプルだからこそ技量が問われる一品
それでいて野菜や味付けを変えれば味は変幻自在、無限大

味も食感も問題無いのを確認したらアイテムボックスへ入れ、時折スープを確認しては灰汁を取りながら、人数分の肉野菜炒めを作ってはアイテムボックスへ入れるのを繰り返し、全員分ができたらフライパンやまな板を洗って次の料理に使う食材を用意する。

「あっ、お兄さん！」

「昨日ぶりですね」

おっ、ポッコロとゆーららんじゃないか。

「また会ったな」

「「はい！」」

駆け寄ってきた二人へ声を掛けると、元気よく返事をしてくれた。うんうん、元気があって大変よろしい。

「あの二人は知り合いか？」

「確か昨日あの子達と話していたぞ」

「ほわわっ。サラマンダー君とショタリス君、キタコレ！」

挨拶をした二人は鼻をヒクヒクさせると、スープを仕込んでいる鍋の方を見た。

「また何か美味しそうな物を作っていますね」

「そのためにこのゲームへ誘われたからな。ところで、二人は何をしにきたんだ？」

「ポーション作りの練習に来たんです」

「昨日はお兄さんの料理に見惚れて、それどころじゃなかったので」

それは悪い事を……していないか。俺はあの時、飯を作っていただけなんだから。

「まあ、今も凄いんですけどね」

「なにがだ？」

「こうして話している間も、手際よく料理を作っているところがです」

そりゃあ、喋りながらでも調理できないと、店の厨房でやっていけないからな。

皮を剥いたタマネギとトマトとハーブを細かく刻み、商店で買ってきた大きなフライパンに油を敷いて熱し、刻んだトマトとタマネギを炒める。

徐々に水分が出てきて煮込んでいるような状態になったら火を弱め、一旦スープを確認して浮いている灰汁を手早く取り、フライパンの方へ戻る。

「今度は何を作っているのかな」

「ミートソース？　だけどお肉が無いし……」

もしもしお二人さん、ポーション作りの練習はいいのか？

「二人とも、ポーション作りはどうした？」

「「はっ！　そうでした！」」

目的を思い出した二人が別の作業台へ向かうのを見送ったところで、筋肉質で固めだけど煮込みに向いている豚の肩肉を出し、食べやすいよう薄めに切り分けてトマトソースへ加えて煮込む。

「そうするのね」

「トマトソース煮込みか。あれって美味いよな」

「良い匂いだ。食いてー」

周りのざわめきを聞き流しながら、スープと並行して煮込みと灰汁取りを続け、刻んだハーブと塩と胡椒でトマトソース煮込みの味付けをしたら完成だ。

豚の肩肉のトマトソース煮込み　調理者：プレイヤー・トーマ

レア度：３　品質：７　完成度：８６
効果：満腹度回復２１％　ＭＰ最大量＋３０【２時間】　魔力＋３【２時間】
豚の肩肉を簡易的なトマトソースで煮込んだ一品
煮込みに向いている肩肉を煮込んだので味が染み出ている
固めの部位ですが、薄く切られているので食べやすいです

味見で問題が無いのを確認して皿へ盛り、アイテムボックスへ入れたらスープを確認。

灰汁はもう無く、お玉で小皿に移して味見すると、昨日同様に野菜の甘みがして美味い。

これに塩と胡椒を加えて味を調整したら、前にも作った乾燥野菜出汁の野菜スープが完成。

今回は商店で買った自前の鍋(なべ)で作ったから、鍋ごとアイテムボックスへ入れて保管する。

さてと、ある程度は作ったから、そろそろ試作に取り掛(か)かるか。

「まずはこれだな」

取り出したのは、ジョブチャレンジで入手したクラーケンの身。

まな板の上に出したそれは思っていたよりも大きく、縦横はＡ４サイズの紙くらいで、
厚さは五センチくらいある。

「なんだありゃ」

「ひょっとして、掲示板にあったアレじゃないの？」

「ということはあれが、ジョブチャレンジで入手したっていうクラーケンか⁉」

周囲もこの大きさに驚いているようで、作業場全体がざわついているように感じる。

それで、肝心の情報はどうなっているんだ？

クラーケンの身【胴体】　レア度：８　品質：８　鮮度：８４
食事効果：満腹度回復１００％
海で恐れられる存在の一つ、クラーケンの胴体の身肉を大きく切りだしたもの
イカのため脂は無いが、身肉には強い旨味があってまろやかな甘味も感じられる
切り方や切れ込みの入れ方によって食感が変わり、それが味わいにも変化をもたらす

食事効果が満腹度全回復って。まあ、この量を全部食えばそうなるか。

切り分ければ回復量は減るだろうし、そこは気にせず調理に取り掛かろう。

包丁を装備して、横長に置いた身を右端から三センチくらい切り取り、残りは鮮度が落ちないようにアイテムボックスへ戻す。

切り分け方で食感が変わるみたいだから、まずは切り取った分を横長に置き変えて広い

面を上下にして、真ん中で二つに切り分ける。

一方はそのまま包丁を入れて短冊切りに、もう一方はもう半分に切ってから二つとも九十度向きを変えて短冊切りにする。これを食材目利きで見ると、先の方が繊維に対して平行に、後の方が繊維に対して垂直に切ったようだ。

これの味見をするため、油を敷いて加熱したフライパンで焼いてみると、少し潮の香りが混ざった香ばしい匂いが漂いだした。

「良い匂いだな」

「あぁ、縁日のイカ焼きよりも……っておい！　薬から煙出ているぞ！」

「えっ？　あーっ！　やっべ！」

「わー！　鍛冶ミスった！」

「リボンを縫っていたはずなのに、ぼろきれにっ！」

なんか周りが騒がしいけど、気にせず料理に集中だ。香ばしい匂いを漂わせるクラーケンの両面をしっかり焼き上げ、味付けに塩を振って完成。さて、情報の方はどうだ？

焼きクラーケン【身肉】　調理者：プレイヤー・トーマ
レア度：8　品質：8　完成度：87

食事効果：満腹度回復12％
バフ効果：HP最大量＋80【2時間】　体力＋8【2時間】
クラーケンを丁寧に焼き上げて旨味を活性化させた一品
味付けは塩だけのため、クラーケンの旨味が良く分かる
繊維に対して平行に切ったものと垂直に切ったものの両方がある
切り方の違いによる食感と味わいの違いをご堪能あれ

情報では問題無いけど、味はどうだろうか。

クラーケンと言っても大きなイカに過ぎないし、過度な期待はせず……なんだ、これ！

サクッと歯切れの良い食感がしたと思ったら、甘味のある旨味が一気にブワッと口の中に広がって舌の上を蹂躙する。しかも鼻を抜ける香りは香ばしさと微かな潮の香りを併せ持っているから、まるで浜辺でバーベキューでもしているみたいだ。

思わずもう一枚取って食べると、今度はブチンと強い歯応えがして身が口の中で跳ねるように強い旨味を撒き散らす。

これが繊維に対して平行に切ったか垂直に切ったかの違いか。

食材目利きで確認すると、先に食べたのが繊維に対して平行に切ったもの、後に食べた

のが繊維に対して垂直に切ったもののようだ。

平行に切ったのがすんなり噛み切れて甘い旨味が溢れるなら、垂直に切ったのは噛み応えがあって強い旨味を暴発させるって感じだな。

どっちも美味くて、どっちがいいかなんて決められない。どっちも美味い！

「……あっ」

気づけば試食用を完食していた。

こいつは凄い食材だ、大きなイカに過ぎないと思ったのは訂正しよう。

食べたい、もっと食べたい。でも我慢だ、俺一人だけで食べるわけにはいかない。

ダルク達にも食べてもらうために欲求を堪え、すぐにクラーケンを出して半分を切り取ったら、繊維に対して平行と垂直に切って別々に焼く。

「お腹が、お腹が減る……」

「こんなに良い香りがするのに、携帯食なんて食べたくない……」

「飯テロを実体験すると、こんな目に遭うのか……」

よし。食べ比べできるよう、平行切りと垂直切りを別々にした焼きクラーケン完成。

また顔を出しそうな食べたい欲求を堪えてアイテムボックスへ入れ、次の――。

「お兄さん！」

次の試作の準備をしようとしたら、ふくれ面のゆーららんが歩み寄ってきた。その後ろには、オロオロしているポッコロもいる。

「どうしてくれるんですか！　お兄さんの料理から漂う美味しそうな匂いに気を取られて、さっきから調合に失敗してばかりですよ！」

いや、そんなことを言われても困る。というか、俺のせいなのか？

「責任取って、甘い卵焼きを作ってください！　厚焼き卵ぐらい分厚いのを！」

なんでそうなる。

「ご、ごめんなさいお兄さん。ゆーららんの言いがかりは僕が謝りますから、どうか通報だけは勘弁してください」

あっ、これって通報していい案件なのか。

通報と聞いたゆーららんが不味い表情を浮かべているけど、これくらいなら妹が拗ねているようなものだから、通報なんて必要ないくらい可愛いものだろう。

「別にこれくらいなら通報はしないって。気にしなくていいぞ」

「本当ですか？　ありがとうございます」

「ご、ごめんなさい、お兄さん。香りに気を取られてポーション作りを何度も失敗して、ポーションっぽい水にばかりなっていたから、つい」

ちゃんと反省して謝れるのなら、なおさら通報する必要は無い。

頭を下げるポッコロとゆーららんが使っていた作業台の上を見ると、深緑色の液体が詰められた牛乳瓶と同じ形状の瓶が、いくつも転がっている。

「なあ。あれってどういうものなんだ？」

「論より証拠、見せてあげます」

そう言って作業台へ行って戻ってきたゆーららんから、深緑色の液体が詰められた瓶を受け取って情報を読む。

ポーションっぽい水　調合者：プレイヤー・ゆーららん
レア度：0　品質：0　完成度：0
食事効果：給水度回復5％
ポーションの調合に失敗した飲み水
見た目はポーションっぽいが、飲んでも給水度しか回復しない
むしろ圧倒的不味さで精神的にダメージを受ける

いや、ポーションっぽい水ってこれの名称か。圧倒的不味さって、どんな不味さなんだ。

「ただでさえポーションは不味いのに、圧倒的不味さになったら捨てるしかないんですよ」

実に悔しそうにゆーららんが言う通り、勿体ないけど捨てるしかなさそうだな。

こうしてポーションっぽい水は処分され、休憩も兼ねて二人を俺の作業台へ招待した。

「あ〜も〜。どうすれば美味しいポーションが作れるのよ」

「本当だよね」

憂鬱そうに作業台へ伏せるゆーららんの発言に、ポッコロが頷いて同意する。

「ポーションって、そんなに不味いのか？」

ダルク達から不味いと聞いているけど、実際に飲んでないから知らないんだよな。

「お兄さん、ポーションを飲んだこと無いんですか？」

「戦闘は一切しないからな」

ポッコロへそう返すと、体を起こしたゆーららんがステータス画面を開いて操作し、緑色の液体が詰まった瓶を取り出した。

「よければ味見していいですよ。その代わり、美味しいポーション作りに協力してください」

ちゃっかりしているな。

まっ、美味いポーションを作れじゃなくて協力しろだから、それぐらいならいいか。

「分かった。もらおう」

瓶を受け取り、まずは情報を確認する。

ポーション　調合者：プレイヤー・ゆーららん、ポッコロ
レア度：１　品質：５　完成度：７６
薬効：ＨＰ回復１０％　ＨＰ継続回復【小・３０分】
ＨＰを回復させる薬
味は不味いがこれがないと戦えない
不味い！　もう一杯！

説明文に不味いって書いてある時点で不安しかない。一体、どんな味なんだか。

蓋を取って一口飲むと、なんとも言えない苦みと渋みが口の中へ広がって不味い。

回復のためとはいえ、こんなのを飲まなきゃならないのは辛いだろう。

「何か考えがあってのことだろうけど、どうして運営はこの味で良しとした」

良薬は口に苦しなんて言うけど、これは無いだろう。

「同感です！　というわけでお兄さん、なにか解決案はありませんか！」

「そう言われてもな……。まずは作り方と、今までに試した改善方法を教えてくれ」

作り方も知らずに案を出せるはずがない。

「えっとですね」

ポーションの作り方はそう難しいものじゃなく、二種類の薬草を乾燥させたものをすり潰して調合し、鍋で煮出したら濾して瓶詰する。たったこれだけ。

すり潰しや調合や煮出しにミスがあったり、すり潰しの最中に手を止めたりしなければ、さっきのようなポーションが完成するらしい。

「で、試した改善方法は？」

「ハーブを加えたり、砂糖を加えたり、あとは使う薬草の分量を調整したりするくらいですね。掲示板に書かれているのも、そんな感じです」

そういった方法でポーション自体はできても、味の改善は全くできていないそうだ。

ハーブを加えると香りが良くなるだけ、薬草の分量を調整しても効果に影響が出るだけ、砂糖をぶち込んだというプレイヤーは甘不味かったと証言しているとか。

「どうでしょう？　何か案はありませんか？」

「協力するって言ったんですから、何か案を捻り出してください！」

「そうだなぁ……」

薬作りに関しては素人だから、さほど良い案が出るとは思えない。

でも協力すると言った以上は何かしらの案を出さないと。

でも、どうすればいいんだ？　煮出すという工程は料理にも通ずるとはいえ、臭みじゃなくて苦みや渋みを消す方法は分からない。

苦みや渋みなら、むしろお茶やコーヒーを参考にした方が……。

うん？　そういえばお茶とかコーヒーって、確かああすれば飲みやすいんだっけ。

「なあ。水出しにしてみたらどうだ」

「水出し、ですか？」

「それってコンビニやスーパーで売っている、ペットボトルのコーヒーの包装に書いてある、あれですか？」

「そう、それ」

コーヒーやお茶を、文字通り水で抽出する方法だ。

お湯に比べて抽出に掛かる時間は長くなるけど、お湯で煮出すよりも美味いらしい。

「そうすると美味しくなるんですか？」

「前に本やネットで見た時、そんなことが書いてあった覚えがある」

あくまで知識として知っているだけだから、どう違うのかまでは覚えていない。

「こういう時こそ、ネット検索ですね」

　ポッコロの言う通りだ。

　早速ステータス画面からネット検索をかけて調べてみると、コーヒーは水出しで作ると苦みや渋みのもとになる成分が抽出されにくくてマイルドな味になり、お茶は水出しだとお湯に比べて旨味が豊かになるとある。

「……試す価値、ありますね」

「そうだね」

「だな」

　ひょっとしたらポーションが苦くて渋いのは、お湯で煮出すからかもしれない。そう判断した俺達は、早速作業に取り掛かる。

「手伝ってくれるんですか？」

「自分で提案したんだ。手伝うのが筋ってものだろう。それに覚えておけば、ダルク達の手助けになりそうだからな」

「でしたら、よろしくお願いします」

　そういうわけで、ポーション作りに必要な緑と黄の薬草をポッコロとゆーらららんが用意して、俺が緑の薬草を乾燥させてポッコロが黄の薬草を乾燥させる。

すり潰しと分量の調整はゆーららんがやって、俺達はボウルに水を用意しておく。

「準備できました。水の中へ入れます」

「うん」

「おう」

すり潰された薬草がボウルに張った水に浮かぶ。

お湯だとすぐに色が変わるそうだけど、そんな様子は全く見られない。

「時間が掛かるって、どれくらい掛かるんでしょう？」

「さあ。お茶やコーヒーとは違うと思うけど……」

さすがに丸一日ってことはないだろうし、抽出が終わるまで気長に待つしかない。

だからといってボーッとしているのは時間が勿体ないから、中断していた試作づくりを再開するため、商店で買ってきた寸胴鍋（ずんどうなべ）をアイテムボックスから出す。

寸胴鍋といっても、ラーメンのスープ作りに使うような大きさじゃなくて、やや小ぶりの家庭でも使えそうなやつだ。

こいつへ水を入れて強火をかけ、タマネギの皮を剥（む）いてニンジンとネギも用意する。

そしてこの試作のメイン、ジョブチャレンジの特典で受け取ったスケルトンボアの骨を全て出し、流しで水をかけてしっかり洗う。

「えっ、骨？　なんの骨だ？」

「まさか、アンデッド系のモンスターがドロップしたやつじゃ？」

周りがさっきよりうるさい。調理に影響は無いけど、できれば静かにしてもらいたい。

「あっ、あの、お兄さん。その骨、なんなんですか？」

「スケルトンボアの骨って素材だ」

ポッコロの問い掛けに答えたら、周りがどよめいた。

「そそそ、それって、アンデッド系のモンスターがドロップするやつですよね⁉」

「そんなもの、どうするつもりですか⁉」

「こうするに決まっているだろ」

洗ったスケルトンボアの骨を寸動鍋へ入れ、続けてタマネギとニンジンとネギも入れる。

「やっぱりいぃぃいっ！」

「料理に使って、大丈夫（だいじょうぶ）なんですかっ⁉」

「さあ？」

「「さあっ⁉」」

「分からないから試すんだよ」

どんな味になるかは分からないけど、骨である以上は煮込めば出汁が出るはず。

失敗しても現実じゃないから材料は無駄にならないし、美味ければそれはそれでよし。

「やっぱりアンデッドのドロップかよ」

「そんなのを料理に使って大丈夫なのかしら？」

「変なイベント発生しないよな？」

周囲のざわめきを聞き流しつつ、商店で買ってきた木べらでスープをかき混ぜ、灰汁が浮いてきたらそれを取る。

「あああ、あの、お兄さん」

「そんな、死んだモンスターの骨なんか使って、大丈夫なんですか？」

「おいおい、何を言っているんだよ。豚骨や鳥ガラも、死んだ豚や鶏の骨じゃないか」

「「いや、確かにそうですけど！」」

分かっているなら、どうしてそんなに騒ぐんだ。

「気にならないんですか!?」

「ゲームだから衛生面は平気だろう。一応、ちゃんと洗ったし」

「そこじゃなくてっ!?」

じゃあ、何が気になるっていうんだ。

二人の反応を疑問に思いながらも、手は止めずにスープを混ぜ続ける。

さあて、どんな感じになるのかな。

第九章　想像を超えた試作

風を切って草原を駆ける。

僕の前にはメェナが駆け、後衛のカグラとセイリュウは後ろで控えている。

そして僕達が見据える先には今回狙っているモンスター、本来ならノンアクティブモンスターのロックコケッコっていう、戦闘になったら口から石礫を飛ばしたり嘴で突いたりしてくる、普通の鶏より二回り大きくて立派な鶏冠のある灰色の鶏が三羽いる。

そう、鶏、鶏、鶏！　大事なことだから徐々に強く三回言ったよ！

「そこぉっ！」

三羽のうち一羽へ、前を走るメェナが跳躍からの蹴りを背後から浴びせた。

「コケケッ!?」

後ろから強襲したから不意打ち成功。

怯んだロックコケッコへ、追撃で僕が切りつける。

「てぇいっ！」

怯んだところへの強襲が成功して、ＨＰが大きく削れて一羽目を倒した。

「「コケー！」」

仲間が攻撃されたから、残りの二羽が石礫を放つモーションに入った。

でも、もう遅いよ。

「ライトボール♪」

「ウォーターボール！」

「「コケーッ⁉」」

石礫が放たれるよりも先に、カグラとセイリュウの魔法がロックコケッコに命中して行動をキャンセル。残り少ないＨＰを僕とメェナで削って倒した。

ふっふっふっー。これでまた食材ゲットだよ。

「やった、卵だ！」

「こっちは鶏肉ね」

「こっちも鶏肉、ゲット」

今の三羽で得たのは卵が一つと鶏肉が二つか。

そう、ロックコケッコは倒して得られる経験値とお金は微々たるものだけど、ドロップアイテムは鶏肉か卵なんだ。

確率的には鶏肉が八割で卵が二割だけど、どちらにしても食材には違いない。

「うふふ。順調に集まっているわね」

「鶏肉も卵もたくさん。これで、お米があれば……」

悔やむセイリュウの気持ちは分かるよ。

卵があって肉がある。あとはお米さえあれば、トーマがチャーハンとか天津飯とか親子丼とか作ってくれるのに！

「私はお米があれば、迷いなくオムライスを作ってもらうわ」

あー、それもありか。トーマの店の日替わりでたまに出るオムライス、美味しいもんね。

見た目は昔風の卵で包んだやつなんだけど、柔らかい卵には中華系の出汁が加えられている上に、中身はチキンライスじゃなくて鶏肉入りチャーハンという中華オムライス。

ケチャップの量は控えめだけど、卵自体に味が付いているからとても美味しくて……。

おっといけない、涎が流れ出るところだった。

「ん。皆、あれ見て」

何かに気づいたメェナが指差した先にはロックコケッコ、もとい鶏肉か卵が二羽いる。

こっちの視線には気づかず、巨体を揺らしながらノッシノッシと歩いている。

「鶏肉だ」

「鶏肉ね」

「卵かも」

「どっちでもいいわ」

そうだね、どっちでもいいよね。あれは動いている食材、ただそれだけだ。

「「コケッ？」」

こっちに気づいたから、さっきみたいな不意打ちはかませられない。

ならノンアクティブで襲ってこないのを利用して接近し、一気に仕留めよう。

休憩中の川釣りがボウズだった分、鶏肉と卵はしっかり確保しておきたい。

「そっとよ、そっと近づくのよ」

「メェナ、右から回り込んで」

「鶏肉……卵……食材……」

「ふふっ。痛くしないから動かないでね」

もうすぐ襲われるとも知らず、ロックコケッコ達は呑気にノッシノッシと歩いている。

ふっふっふっ、お陰で君達を襲う準備が整ったよ。

「いっくよぉっ！　食材狩りの時間だぁっ！」

「「おぉぉぉぉぉっ！」」

「「コケッコー!?」」

アーハッハッハッ！　鶏肉か、卵か、どちらにしても食材だ！

トーマに美味しいご飯を作ってもらうため、僕達には食材が必要なのだーっ！

さっさと鶏肉か卵をよこしやがれーっ！

「おい、あれって噂の食材ハンターガールズじゃないか？」

「うわっ、嬉々としてロックコケッコへ襲い掛かっているぞ」

「しかも食材狩りって叫んで。ないわー」

＊＊＊＊＊

スケルトンボアの骨を野菜と一緒に煮込んでしばらく経ち、鍋から良い香りが漂う。

臭み対策に生姜やニンニクが無くて大丈夫かと思ったけど、この香りなら大丈夫そうだ。

いや、油断は禁物だ。まだスープは完成していないんだから。

「良い香りだけど、本当に大丈夫かしら」

「アンデッドのドロップだろ？　呪われたりしねぇかな」

周りから不安な空気が伝わってくるけど、実は俺もちょっと不安だ。

というのも、何故（なぜ）か黒くておどろおどろしい色合いになってきたからだ。

うん、ちょっと味を確かめよう。

お玉で掬（すく）って小皿に取って味見……おぉっ、美味（うま）い。

口に含（ふく）んだ途端（とたん）、俺を味わえと言わんばかりに暴力的で荒々（あらあら）しい味が舌の上で暴れ、喉（のど）を通じて届いた香りも鼻で大暴れしている。

それなのに嫌（いや）な感じは無く、臭みはよくよく味わえば薄っすら感じる程度で、しっかりした強い旨味とコクがある。

色合いが黒くておどろおどろしいことを除けば、味と香りは文句無しだ。

「うわっ、飲んだよ」

「香りは凄く良いけど、よく飲めるな」

「でも、呪われている感じは無いぞ」

味見をしてからもう少しだけ煮込（にこ）み、より香りが強くなってきたところで仕上げに移る。

火を止めて同じサイズの寸胴鍋をもう一つ出し、これに商店で買ってきた布を少し弛（たる）ませて載せ、紐（ひも）でしっかり布を固定。

ここへ煮込んでいたスープを流（なが）し込み、布で濾して煮込んだ骨や野菜や汚（よご）れを取ったら、注目が集まる中で紐を解いて布を取る。

するとそこには、汚れも取れてよりいっそう黒々とした、おどろおどろしい見た目のスープが出来上がっていた。

『うわぁ～……』

「「えぇ～……」」

ポッコロとゆーららんだけでなく、いつの間にか集まっていたプレイヤー達までスープの見た目に引いている。

確かに見た目はアレだけど、香りは凄く良い。

濾して余計な物を取り除いたからか、さっきより香りが強くて食欲を刺激してくる。

それを堪能しながら、濾した際に取り除いたスケルトンボアの骨と野菜を布ごと回収すると、名称がだしがらに変わっていた。

説明文にはゴミと化すまで旨味を絞り出された食材とある。

そうなるまで味を出してくれた骨と野菜に感謝し、そのまま布で包んで処分した。

そして濾したスープを作業台に載せ、味を調えるために塩を少量加えたら一旦は完成だ。

ボーンズスープ　調理者：プレイヤー・トーマ
レア度：３　品質：７　完成度：８５

食事効果：給水度回復16％
バフ効果：呪い耐性付与【小・2時間】　闇耐性付与【小・2時間】
スケルトンボアの骨を主体にして取ったスープ
見た目はアレだが、荒々しくて力強い味と香りは絶品
遺骨を美味しく料理してくれて、スケルトンボアも喜んでいるでしょう

「あの、お兄さん。それ本当に大丈夫なんですか？」

「表示内容に悪いものは無い」

「いや、悪いものが有るとか無いとかの話じゃないですよ。香りは凄く良いですけど、この見た目でしょう？」

見た目だけで判断するんじゃない。

だけど味見がまだだから、早速味見をしよう。塩は少量に留めたけど、足りなければ加えようと思いながらお玉で小皿に取って一口……。

「うおぉぉぉっ⁉」

なんじゃこりゃ。思わず声を上げてしまうほど美味い。

最初の味見で暴力的で暴れん坊だった味が、もっと強烈かつ美味くなった。

爆発的な旨味の津波が幾重にも口の中で襲ってきて、そのまま黒いスープの洪水に飲まれて全身で旨味を味わって、体中から美味いと叫び、いつまでもこの洪水に身を任せたいと思えるとんでもない味だ。

「だ、大丈夫ですか⁉」

「状態異常になっていませんか？　毒とか呪いとか病気とか恐怖とか」

「なっていない。むしろずっと飲んでいたいほど美味い」

感想を聞いて、ポッコロもゆーららんも野次馬達も本当かと疑っているけど、本当だぞ。できればもっと飲みたいけど、ダルク達への飯として出すために全力で我慢して、鍋に蓋をしてアイテムボックスへ入れた。

たったこれだけのことなのに、とても強い決意が必要なほど凄く後を引く旨味だった。

そんな気持ちをなんとか宥めて落ち着いたら、ポーションの水出しを確認する。

ボウルの中を見ると、薬草を入れた水が明るい色合いの緑になっている。

「おっ？　なんかいい感じの色になっているんじゃないか？」

「確かに良い感じですね」

「仕上げてみましょう」

仕上げは布で濾して、薬草を取り除いた液体を漏斗で専用の瓶に詰めるだけ。

これでポーションの完成だけど、まずは情報を確認してみよう。

水出しポーション　調合者：プレイヤー・ゆーらん、ポッコロ、トーマ
レア度：１　品質：６　完成度：７３
薬効：ＨＰ回復１２％　ＨＰ継続回復【小・４０分】
ＨＰを回復させる薬
水出しにしたため苦みや渋みがほとんど無くて飲みやすい
ほのかな甘みがあり、旨味も引き出されています

おっ、説明文を読む限りは成功しているようだ。

「こ、これはっ！」

「お兄さん！　これならひょっとしますよ！」

同じく説明文を読んだポッコロとゆーらららんは、完成したポーションを持って目をキラキラさせている。

「飲んでみよう。実際の味を確認だ」

「「はい！」」

全員でポーションを持ち、一口飲んでみる。

おぉっ。煮出したポーションにあった強い苦みや渋みはほとんど無く、むしろほのかな甘みの引き立て役かのように存在していて、それによって感じられる甘みは嫌な感じが無くて後口はスッキリしている。

前にお客の誰かが旅行のお土産にくれた、高級茶がこんな感じだった気がする。

「ふおぉぉぉっ！　なんですかこれ、これがポーションなんですか？　私達が今まで作ってきたポーションは、なんだったんですかっ！」

驚愕の表情で奇声を上げたゆーらんが、具体性の無い感想を早口で述べている。

「お兄さん、美味しい！　水出しで作ったポーション、美味しいです！」

語彙力を失った感想を口にするポッコロが、満面の笑みで耳と尻尾を激しく動かしながら何度も飛び跳ね、喜びを表現している。

というか、その耳と尻尾って動くのか。だったら俺の尻尾も……動いたよ。だけど何かに使えそうな気はしない。

「抽出方法を変えるだけで、ポーションがこんなに美味しくなるなんて！」

「同感だ」

自分から提案しておいてなんだけど、思った以上に改善されて驚いた。

「ありがとうございます、お兄さん！」

「こんなに美味しいポーションを作れるなんて、思ってもみませんでした！」

「なに、気にするな」

ちょっとした思いつきが、たまたま上手くいったようなものだからな。

「すみません、ちょっといいですか？」

二人と成功を喜び合っていたら、看護師みたいな服装をした肌の色が黒いエルフの女性が、小さく手を上げておずおずと歩み寄ってきた。

「何か用か？」

「私、薬師のルフフンと申します。今あなた方がやっていた、ポーションを水出しで作る件ですが、周りに駄々漏れなのをお伝えしにきました」

……あっ、しまった。つい普通に人前で作業していたけど、不味いポーションを美味しく作れるなら、結構重要な情報じゃないか。

周囲を見渡すと、作業場にいる全プレイヤーの視線がこっちへ集まっている。

「あわわわわっ、どどど、どうしましょうお兄さん」

落ち着けポッコロ。こういう時こそ落ち着くんだ。とはいえ、やれることは無いか。

「もうどうしようもないし、自由にしてくれ」

「……いいんですか？」

ルフフンと名乗った女性が半信半疑な様子で尋ねてくる。

「今さら秘密にするのは無理だし、金品を要求するのも悪いからな。二人はどうだ？」

「えっ、ええ、私も別にいいですよ。お兄さんの意見に同意します」

「僕も、お兄さんがそう言うのなら構いません」

「そういうわけだから、今の情報は好きにしちゃっていいぞ」

人の口には戸が立てられない。ここで秘密にするように頼んでもどこかで漏れるだろうし、既に広まっているかもしれない。

だったら無駄な抵抗はせず、流れに身を任せよう。

おそらくだけど、バフ効果付きの料理や称号に比べれば、味の改善くらいならさほどたいした事じゃないだろうし。

「寛大な判断をありがとうございます！　これで、目標の美味しいポーション作りの目処が立ちました！」

満面の笑みでルフフンから感謝された。

そういうのを目的にゲームをしている人もいるのか。手助けになったようで良かった。

「ですがさすがに無償だと悪いので、お金を支払わせてください！」

別に無償でもいいんだけど、せっかくの気持ちを無下にするのも悪い気がする。

「二人はどうだ？」

「いいんじゃないですか？　情報料ってことで」

「僕もそう思います」

年下の二人がこう言っているのに、俺が受け取らないわけにはいかないか。

「分かった、受け取ろう」

快く金を受け取る旨を伝えると、周囲にいるプレイヤー達も金を払うと言いだした。

薬作りをするプレイヤー達からは情報料名目として、ポーションの不味さが嫌だったプレイヤー達からは味の改善方法を発見してくれたお礼として、そして先日は失礼しましたとスライディング土下座で謝罪しながら現れた春一番からは、先日のお詫びにと他の誰よりも多く金を貰った。

さすがに返そうとしたけど、受け取ってもらわないと困ると必死の形相で言われたから、受け取ることにした。

「凄いですね、お兄さん！　こんなにたくさんのお金、どうします？」

「山分けでいいだろ。むしろポーションの作り方を教わった分、多く取ってもいいぞ」

「いいえ！　案を出したお兄さんが多く受け取ってください！」

そう主張するポッコロにゅーららんも同意して、説得しても引いてくれないから多めに受け取ることにした。

とはいえ、さっきの騒動(そうどう)に巻き込んだお詫びくらいはしたい。

そうだ、デザート作りを兼ねてあれを使った料理を作って渡(わた)そう。

お詫びの品だし、説明すればダルク達も分かってくれるだろう。

第十章　衝撃の食事

周囲に漂う甘い香り。その発生源は、鍋で煮ている砂糖を加えた小豆だ。

「マジか……」

「これまでの料理ですら、どれも美味しそうだったのに、そこまでいくのぉ……」

今作っているのは今回の調理三昧の最後の一品、ゴマ無しのゴマ団子に使う粒あんだ。

甘いものが好きなカグラの期待に応えるのと、ポッコロとゆーららんをさっきの騒動に巻き込んだお詫びをするため、ステータス画面からネット検索をして粒あんの作り方を調べ、それを参考に仕込んでいる。

今は洗った小豆をたっぷりの水で煮る渋きりっていうのをして、水を替えて再度小豆を煮ながら灰汁を取り、小豆が柔らかくなったのを確認して砂糖を加えたところだ。

煮ている間は灰汁が出続けるから、気を抜けなかった。

ちなみにこしあんじゃなくて粒あんなのは、こし器が無いからだ。

さすがにザルじゃ、目が大きくて代用できないからな。

「お兄さん、それで完成なんですか？」

「まだだ。調べた情報によると、小豆を潰さないように混ぜながら、煮汁がほぼ無くなるまで煮込むらしい」

ポッコロの問い掛けに説明付きで答えて調理を続ける。

最後に塩を少量加えるとあるけど、これはスイカに塩を振って甘さを際立たせるのと同じ理屈だろう。

そうして煮込むことおよそ三十分。甘さを際立たせるために少量の塩を加えたら粒あんの出来上がりだ。

粒あん　調理者：プレイヤー・トーマ
レア度：２　品質：６　完成度：８２
食事効果：満腹度回復６％
バフ効果：運＋２【１時間】
小豆から手作りした甘い粒あん
隠し味に加えた塩でより甘さが際立っている
優しい甘さと粒あんの食感をご堪能下さい

確認のためスプーンで取って味見をする。

柔らかい食感の粒を噛むと丸みのある甘みが染みるようで美味い。

よし、後はこの粒あんを包む皮の準備だ。

大きさと皮の厚みを均一にするため、あらかじめ作って寝かせておいた生地を伸ばして正方形に切り分けて皮を作ったら、鍋に油を入れて熱している間にスプーンで粒あんを皮に載せて包んでいく。

そしてこれを熱した油へ投入し、皮が揚がったら網をセットしたバットに少し置いて、油を切ったら完成だ。

粒あんの揚げ饅頭　調理者：プレイヤー・トーマ
レア度：２　品質：６　完成度：８８
食事効果：満腹度回復９％
バフ効果：運＋２【１時間】　器用＋２【１時間】
皮も餡も手作りの美味しい揚げ饅頭
サクサク皮としっとり粒あんがコラボレーション

甘い揚げ物ですが、カロリーは気にするな！


あー、そうなったか。だよな、ゴマ無しのゴマ団子というより、揚げ饅頭だよな。

だけど味見すると、揚がった皮と柔らかい粒あんの組み合わせが美味くて、名称なんてどうでもいいかと思えた。

「甘い揚げ物、だと……」

「香りからして、既に私の脳内は甘味に支配されたわ」

「「わー！」」

周囲がざわついて、ポッコロとゆーららんは調理が終わった途端にかぶりつきで揚げ饅頭を見つめている。

そんな二人へ、騒動の迷惑料として三つずつ進呈しよう。

自前の皿に揚げ饅頭を六個載せ、二人へ差し出す。

「ほら、さっきの騒ぎに巻き込んだお詫びにやるよ」

「「いいんですかっ!?」」

「仲間達の分は確保してあるから、遠慮せず貰ってくれ」

その確保した分をアイテムボックスへ入れると、周囲から残念そうな声が漏れた。

「でも、僕達も良い案を出してもらったのに」

「そうですよ、そんな気軽に受け取れません」

とか言いながらも、視線は揚げ饅頭に釘付けだ。

言葉では遠慮していても、欲しい気持ちが隠せていない。

「なら、このゲームでできた初めての知り合いへの、お近づきの印ってことでどうだ？」

なにせダルク達を除けば、フレンド登録しているのはこの二人だけだからな。

「そ、そういうことなら……」

「あんまり断るのも悪いので、遠慮なくいただきますね」

そうそう、子供が遠慮するんじゃない。

おっと、その前に二人へ注意しておかないと。

受け取る前に大事な話があると言ってボイチャにしてもらい、二人に揚げ饅頭を渡して
バフ効果のことを説明。

当然ながら凄く驚かれ、これを知られて騒ぎになるのは避けたいと言ったら、絶対に秘
密にすると約束して揚げ饅頭をアイテムボックスへ入れた。

二人はそれからすぐ、ログアウトの時間が近いからとお礼を言い残して去って行った。

さて、ダルク達の方は……おっ、そのダルク達からもうすぐこっちへ戻るっていうメッ

セージが、少し前に届いている。

なら調理はもう終わったし、後片付けをしたら人数分の椅子を用意して待つか。

後片付けをしている間に野次馬達は散り、後片付けが済んだら椅子を用意して席に着き、
残りの食材や調味料をチェックする。

「ただいまー！　トーマ、ご飯ちょーだーいっ！」

そんなことをして時間を潰しているうちに、ダルク達は帰ってきた。

「……はあ」

合流早々に飯をねだるダルクに呆れつつ、作った中から選んだ品を並べていく。

「ふおぉぉぉっ！　唐揚げ様や、唐揚げ様が降臨なさった！」

揚げ物大好きダルクが、タックルラビットの唐揚げに様付けして大興奮。

「こ、これがクラーケンを使った料理なのね。どんな味なのかしら」

メェナが二種類の焼きクラーケンを前に、小刻みに震えて感動している。

「トーマ君！　この黒いスープ、なんか怖い！」

見た目でそう思うのは仕方ないけど、味は凄いんだぞ。

「大丈夫だ。味見したけど、ちゃんと美味いから」

「……トーマ君がそう言うのなら、飲む」

謎の納得をしたセイリュウがそう言うと、何故かダルク達がニヤついた。

どうしてそんな反応をするのか不思議に思いつつ、ザワークラウトを皿へ盛って出す。

「それは刻みキャベツ？」

「いや、ザワークラウトだ。それと、デザートも出しておくぞ。粒あんの揚げ饅頭だ」

「嘘⁉　甘いものを作ってくれたの⁉　ありがとうトーマ君！　そんなトーマ君の心遣いに、痺れて憧れて抱きしめちゃう！」

甘いものが好きなカグラが揚げ饅頭の登場に暴走して、抱きついてきた。

おおうマジか。ゲームなのに柔らかい感触はしっかりある。何の感触なのかは聞くな。

うん？　なんか表示されたぞ。

「プレイヤー・カグラよりハラスメント行為を受けました。運営へ通報しますか？」

「「「駄目！　それイエス押しちゃ駄目！」」」

はい、分かりました。すぐにノーを押しておきます。

勢いに押されてノーを押した後、今のメッセージは他人から不適切な接触をされたから、運営へ通報しますかっていうメッセージだと教えてもらった。

事前に確認をするのは、親しい相手からの許容範囲内の接触の場合があるからなのか。

「もう、気をつけなさいよね」

「甘いものを作ってもらえたから、感極まってつい。ごめんね、トーマ君」

「いいって、気にするな」

良い感触を堪能できたからな。改めて言おう、何の感触なのかは聞くな。

「ねえ、あの子達って掲示板で噂の食材ハンターガールズじゃない？」

「肉を手に入れるため、エアピッグやロックコケッコを狩りまくっているんだって？」

「肉狩りとか叫びながら、襲い掛かっているって聞いたぜ」

「だけど、あんなに美味そうな料理を作ってもらうためなら、その気持ち分かるかも」

なんか周りがざわついているな。ちょっと騒ぎ過ぎたか？

「どうかした、トーマ」

「いや、なんでもない。それよりも、冷める前に飯にしよう」

「そうだね。じゃ、いただきます」

「「いただきます」」

どうぞ召し上がれ。

「ん。このザワークラウト、良い漬かり具合ね。酸味と塩味がいい感じよ」

「食感が損なわれていないのもいいわ。これとお肉を、パンで挟んでも美味しいかも」

付け合わせのつもりで作ったけど、そういう食べ方もありか。

「ふおぉぉぉぉおっ！　カラッと揚がった衣のサクサクした良い歯応え、しっかりした噛み応えがありつつも柔らかいお肉、そして噛みしめると溢れてくる肉汁！　しかもハーブの良い香りがするし、塩気もちょうどいい！　やっぱり唐揚げ様はサイコーだよ！」

ダルクは揚げ物なら、なんでもサイコーって言うだろ。作った身としては嬉しいけどさ。

「んぐっ、んぐっ、んぐっ！」

ボーンズスープの見た目を怖がっていたセイリュウが、感想を口にせず一心不乱にそのボーンズスープを飲んでいる。

スプーンを置いといたのに、使ったのは最初の一口だけ。

その後は両手で皿を持ち上げて、直接口を付けて飲んでいる。

だけど気持ちは分かる。俺も試食した時、もっと飲みたいって強く思ったから。

そんなセイリュウの食いつきぶりに、ダルクもカグラもメェナも驚いている。

「ぷはぁ。あへぇ……」

飲み終わった後のセイリュウは、蕩けた表情になってビクンビクンしている。

この反応を見たダルク達は不安な表情を浮かべながらも、スプーンを手にし、おそるおそるといった様子でスープを口にする。

「「「ふはぁっ!?」」」

飲んだと同時に揃って変な大声を上げてスプーンを置き、さっきのセイリュウと同じく両手で皿を持ち上げて直接口を付けて飲みだし、そのまま一気に飲み干した。

「はぁ……しゅごい……。口の中で旨味が大暴れしていたよ……」

「すごく濃厚でコクのあるスープだったわ。こんなの初めてぇ……」

「それでいて脂っこくないから、ただひたすら美味しかったわ……」

ダルクもカグラもメェナも、揃って蕩けた表情になって悦に浸っている。

しばらくして蕩けた状態から復活すると、これをまた作ってとせがまれた。

「構わないけど、メインの材料が手に入るか次第だな」

「その材料って何？」

「スケルトンボアの骨」

「「「えっ？」」」

材料を口にした途端、口直しにザワークラウトを食べているダルク達の動きが止まった。

「えっ、ちょっ、それ本当に⁉　っていうか、いつ手に入れたの⁉」

「昨日のジョブチャレンジで受け取った副賞だよ。ほら、素材を一種類十個ってやつ」

「「「あの時か！」」」

あの時だよ。

「もー、トーマ！　なんて物を使ってくれているのさ！」

さっきまで美味いって言っていたくせに、なんで文句言うんだよ。

「大丈夫だって。悪い効果は無いし、煮込む前に骨はちゃんと洗ったから」

「「「そういう問題じゃない！」」」

じゃあ、どういう問題なんだ。

「ねえ、ここに出していない料理は何を作ったの？　変なのを使っていないわよね？」

変なのってどういう意味だよ。骨だって出汁を取れるから、立派な食材だぞ。

「出していないのは、肉野菜炒めと豚肩肉のトマトソース煮込みと豚ロースの唐揚げ、前にも作った乾燥野菜の野菜スープ。それと半分残した揚げ饅頭とザワークラウトだな」

「「「ほっ」」」

どうして安堵の表情を浮かべるのか分からない。

そんな一幕を挟みつつ、遂に焼きクラーケンがダルク達の口に運ばれた。

「なにこれえっ！　厚みはあるのに、サクッと切れて甘くて美味しい味が口に広がる！」

「溺れる！　美味しい味の洪水で口の中が溺れて意識が飛びそう！」

「プチンと切れたら、口の中で身が跳ねて凄く美味しい汁が飛び散っている！」

「無理！　こんな味と食感、美味しい以外に表現する言葉が見つからないわ！」

まさしく狂喜乱舞。

奪い合うように焼きクラーケンを食べていき、あっという間に皿が空になってしまう。

身はまだ一食分は残っているから、また何か作ると言ったら力強い言葉と目力でよろしくと言われた。

そんな感じで一通り騒いだ食事は、デザートの揚げ饅頭でようやく落ち着いた。

「あまぁい。まさかこんなに早く甘いものが食べられるなんて」

好物の甘いものを食べるカグラの表情が、妙に色っぽく蕩けている。

「揚げたから皮の表面がサクサクとしているけど、油でくどくないね」

「中身は粒あんね。粒は残っているけどしっとり柔らかくて、甘さもちょうどいいわ」

「皮の内側もふんわりと美味しいよ。甘い揚げ物だけど、ゲームだから気にならないね！」

他の三人からも好評なようでホッとしつつ、自分でも一つ食べて今回の食事は終了。

雑談をするダルク達をよそに後片付けをして、それが済んで話に加わろうとしたタイミングで、作業台の前に誰かがやって来た。

「あら、噂のサラマンダーの料理人へ接触しようと思って来てみたら、ダルク達じゃない」

「あっ、ミミミ。久しぶり」

現れたのは、真ん中辺りで外向きに折れているウサギの耳と尻尾が生えている、パンツタイプのスーツ姿に眼鏡を掛けたオレンジ寄りの茶髪をした女性。

ダルク達の知り合いみたいだけど、どういう人だ？

「トーマ君、この人が前に言っていた情報屋さんだよ」

ああ、この人が例の情報屋か。

「商人のミミミよ、よろしく」

「料理人のトーマだ。こちらこそよろしく」

メガネの位置を直しながら自己紹介をしたミミミに、会釈をしながら自己紹介を返す。

「ダルク達、彼の知り合いなの？」

「リア友だよ。友人枠が手に入ったから、美味しいご飯を作ってもらうためお願いしたの」

「そうだったの。なら話が早いわ。ねえ、さっき聞いた水出しポーションについて教えて」

「水出しポーション？　何それ」

何のことか分かっていないダルク達へ、ミミミへの説明も兼ねて水出しポーションの件をその後の事まで伝えると、溜め息をつかれた。

「もう。私達が見ていないところで何しているのよ。はぁ……」

疲れた表情で溜め息を吐くメェナには、苦労をかけて申し訳ない。

「ちゃんとポッコロ君とゆーらちゃんにお詫びした？」

「したよ。貰った金を分けたのとは別に、さっきの揚げ饅頭を三つずつ渡した」

「えぇっ！　そ、それがあれば、もう一つか二つは食べられたのに！」

いやカグラさ、今回の飯で出した揚げ饅頭の半分以上はお前が食べただろ。

なお、食費で買った食材を使った件は、そういう理由なら構わないと許してもらえた。

「なるほどね。他に何か面白い情報はない？」

「面白い情報なら、いくつかあるよ」

さらなる情報を求めるミミミへダルクがそう返し、ここからは完全に秘密だからとボイチャにして、現状秘密にしている情報を伝えていく。

「えぇぇぇぇぇっ⁉」

マッシュのところで、料理ギルドや商店では売っていない品が買えたことを教えたら、とても驚かれて折れている耳が伸びた。

「はあぁぁぁぁぁっ⁉」

いつの間にかセイリュウがスクショっていうので撮影していた、これまでに作った料理の表示内容の画像を証拠に、バフ効果付きの料理の存在を伝えたら頭を抱えてさらに驚き。

「んのおぉぉぉぉぉっ⁉」

ジョブチャレンジで入手したクラーケンの身の塊の情報を提供したら、両手で頭を掻いて叫びながら体をのけ反らせ。

「ふぉおぉおぉおぉおっ⁉」

六人まではパーティーに入れるから、ミミミをパーティーに加えて俺のステータスから称号の情報を見せたら、年頃の女性がしちゃいけなそうな表情と叫び声を上げながら体を左右に激しく振って驚かれた。

そして最後にミミミは、震えながら作業台の上に両手を置いて頭を深く下げる。

「今の段階じゃ、こんな情報を買い取れるだけのお金がありませぇん！　後日必ずお支払いしますから、どうか、どうか猶予を下さぁい！　お願いしまぁす！」

さっきからずっと、オーバーリアクションな人だな。

代金についてはダルク達と相談し、支払額を決めた上で猶予を与えることで決定。

すぐに交渉して支払額を決め、やり取りできるようフレンド登録を交わした。

「うわあぁぁぁっ。まずは仲間と連絡を取って検証して、販売価格を決めないと。でも食材の情報はともかく、他の二つは料理の腕から彼だと特定されかねないから下手に売れない。でも早くお金を稼がないと、支払いがぁっ！」

オロオロするミミミを助ける術は無いけど、とりあえず応援しておこう。

頑張れ、ミミミ。

第十一章　現実へ帰る

「じゃあ、私はこれで失礼するわね！」

一緒に作業館を出たミミミが、情報を売る準備を整えるために走り去っていく。

それを見送った後、ダルク達から戦利品という名のたくさんの鶏肉と卵、それとハーブと金が送られてきた。

「今度は鶏でも狩ってきたのか？」

「まあね！」

これだけの量の鶏肉と卵を手に入れるなんて、どれだけの数を狩ってきたんだろうか。

さて、この後はログアウトまで自由行動だ。

今回のログインはゲーム内での二日目の夜までで、次に一緒にログインする約束は現実での明日、日曜日の予定になっている。

なにせ俺達はまだ学生だから、やらなきゃならない課題はあるし、成績が悪くなったらゲームができなくなるカグラとメェナは、成績を落とさないために勉強しなくちゃならないし、俺とダルクとセイリュウもゲームばかりして、学業を疎かにするわけにはいかない。

俺の場合、店の手伝いもあるしな。

勉強嫌いのダルクは、連続ログイン可能時間ギリギリまで過ごそうと主張したけど、当然ながら却下した。

「それじゃ、夜まで自由にやろうか！」

そう告げたダルクは釣りスキルを鍛えるため、町の外を流れる川へ釣りに向かう。

カグラ達は釣りの最中は無防備になるダルクを護衛するために同行。

そして俺は料理ギルドへ向かい、オリジナルレシピを提供する依頼を受け、今回の調理で唯一オリジナルレシピ扱いだったボーンズスープのレシピを提供して報酬を受け取ったら、適当に依頼を受けて過ごすことにした。

労働依頼
内容：皿洗い
報酬：１００G
労働時間：２時間
場所：パックリ食堂

たかが皿洗いされど皿洗い。ただ汚れを落とせばいいだけでなく、洗剤が残って料理が台無しにならないよう、汚れを落とした後はしっかり洗剤を洗い流さなくちゃならない。

「兄ちゃん、次はこれを頼むぜ」

「はい！」

大将に返事をして労働に励み、ギルドへ達成報告をしたら別の依頼を受ける。

労働依頼
内容：加工品作りの手伝い
報酬：１５０Ｇ
労働時間：３時間
場所：ミートショップにゃんにゃん

猫の耳と尻尾が生えている、猫人族の一家が営む精肉店で加工品作りを手伝う。

作るのは燻製肉、腸詰、干し肉の三種類。

どれも作り方は知っていても実際に作ったことは無いから、とても勉強になる。

「干し肉って、こんなに塩を使うんですね」

「そうだミャ。塩を惜しんだら、保存が利かなくなるミャ」

語尾に猫っぽい言葉をつける奥さんの説明に頷きつつ、塩を肉へ擦り込んでいく。

そうして依頼を終えてギルドへ戻って報酬を貰った後、いつものおばさん職員から貢献度が上がって、購入できる調理器具と食材が追加されたと言われた。

早速見せてもらうと、追加された調理器具はすり鉢とすりこぎのセット、大小のさじ、おろし金の三種類。食材は緑豆もやし、ニラ、ジャガイモ、カブ、それとバターもある。

これらがあれば料理の幅が広がるから、追加された調理器具と食材を即座に購入する。

その後は時間が無いから依頼は受けず、かといってダルク達と合流するまでは少し時間があるから、余り物はないかとベジタブルショップキッドへ行ってみた。

だけど残念ながら、受付にいるマッシュの祖父ちゃんから余り物は無いと言われた。

「言っただろ、そう頻繁にあるもんじゃねぇって」

その場に居合わせたマッシュも、残念だったなって言って笑っている。

「そうだ兄ちゃん。この後って暇か？」

「いや、仲間達と合流する予定だ」

「そっか。じゃあ次にうちへ来た時、親が店やっている友達の所に連れて行ってやるよ」

おっ、ひょっとしたらまた何か、ギルドや商店で買えない物が買えるのか？

「分かった。その時は頼む」

「いいぜ。でも店がやっている、日中に来てくれよな」

それもそうか。夜にはやっていない店もあるよな。

それに関してもりょうかい了解したら、ちょっと早いけど合流地点の広場へ向かう。

ログインして最初に現れたその広場には多くのプレイヤーがいて、待ち合わせや何かしらの呼びかけをしているけど、ダルク達はまだいないようだ。

「予定の時間まではまだあるか」

ちょっと早く着いたみたいだけど、おく遅れるよりは良いよな。

ひとまず空いているベンチにすわ座って、アイテムボックスの中身を整理して時間を潰す。

鶏肉の部位は……モモ、骨付きのモモ、胸、ささみ、手羽先に手羽元もあるのか。

しかしぶたにく豚肉とちが違って明らかに形状が違うのがあるのに、見た目は同じなのはゲーム的な都合か？　それと豚肉同様に内臓系が無いのも残念だ。

「卵はどれも同じか」

これでホビロンのような、ふか孵化寸前のやつがあったら扱いに困ったから助かった。

しかし鶏肉と卵か。どんな料理を作ろう。

米があれば迷いなくチャーハンや天津飯を作るんだけど、その米が無いんだよな。

ニラ玉やネギ玉やかきたまスープは問題無く作れる。それと棒棒鶏みたいなのも作れるし、手羽先や手羽元を塩と砂糖であまじょっぱく煮たもの、卵とトマトの炒め物、親子丼の上の部分のような鶏肉の卵とじも作れるな。

「お待たせ、トーマ！　魚釣ってきたよ！」

「小さいのばかりだけどね」

おっと、ダルク達が帰ってきた。

アイテムボックスを閉じようとしたら、その前にダルクから魚が送られてきた。

なになに？　ギンブナ、ウグイ、コイ、ブルーギル。

いや、最後のはなんで持ってきた。というか、運営はどうしてこれを釣れるようにした。

「トーマ、これも美味しくできる？」

「分からない。川魚は扱ったことがないからな」

今は物流が発達して海産物が普通に手に入るから、寄生虫がいるから絶対に火を通さなきゃならないこと以外、川魚についてはよく知らない。

アユとかニジマスとかイワナのような有名な魚ならともかく、この四種はどうすればいいんだ？　というか、ブルーギルは食えるのか？

「ちょっと調べてみるな」

ステータス画面のネット検索でこの四種を調べてみる。

ほうほう、小骨が気になるだけで食えることは食えるのか。

というかブルーギルも食えることは食えるんだな。初めて知ったぞ。

でも調理はちょっと難しそうだな。

特に厄介なのは小骨かな。現実なら圧力鍋を使って、小骨も食べられるくらい柔らかくすればいいけど、ここにそんなものは無い。

ゲーム的な都合で小骨が無い可能性もあるけど、そんな都合の良いことはあるまい。

「これはちょっと難しいかもな」

「え～」

「無茶言わないの。トーマ君だって、なんでもかんでも料理できるわけじゃないんだから」

メェナの言う通りだ。こちとら未熟な料理人志望、できないことの方が圧倒的に多い。

「さてと。そろそろログアウトしましょうか」

「ええ」

「また明日」

「じゃあね」

「おう」

ステータス画面からログアウトを押すと、視界が暗転して意識が浮かび上がる感覚に襲われ、目が覚めたら自分の部屋のベッドの上だった。

ヘッドディスプレイを外して時間を確認すると、ログインした時間から二時間ぐらいしか経っていない。

ゲーム内で約二日を過ごした感覚があるのに、現実ではたった二時間の出来事。

向こうでの一日が現実の一時間とは聞いていたけど、実体験すると妙な感覚だ。

「まあいいや。店に行こう」

片づけをしたら部屋を出て、頭にタオルを巻いて前掛けを付けたら店の厨房へ入る。

「入るよ」

厨房では祖父ちゃんと父さんが包丁や中華鍋を振るい、客達で賑わうホールでは母さんと祖母ちゃんが接客をしている。今日も満員御礼のようでなによりだ。

「おう。もうゲームはいいのか？」

厨房に入って声を掛けると、祖父ちゃんが反応した。

父さんも声こそ掛けてこないけど、こっちをチラッと確認した。

「今日はもう終わりで続きは明日。それで、何すればいい？」

「そうか。じゃ、野菜切ってくれ。ニンジンとタマネギ、それとニラが足りなくなる」

「分かった」

返事をして賑やかな店内を見渡すと、土曜の夜だけあって酒を飲む客が多い。

ゲームの中での賑やかさとは違って聞き慣れた感があるから、安心して笑みが浮かぶ。

「どうした。急に笑って」

「いや、なんでもない」

「そうか。二番卓の麻婆豆腐、上がったぞ！」

麻婆豆腐を作り上げて母さんへ渡す父さんにそう返し、頼まれた野菜を切っていく。

その後もあれこれ雑用をして、流しに溜まった洗い物を片付けている時だった。

「トーマー！」

店の引き戸が勢いよくバーンと開いたと思ったら、直後に早紀の声が響き渡って賑やかだった店内が一瞬静まり返った。

お客全員の視線が集まる中、早紀は早足で店内を歩いて空いているカウンター席へ座る。

「どうしたの、早紀ちゃん」

「斗真に何か用かい？」

配膳をしていた母さんと祖母ちゃんが、席に座った早紀へ何事かと尋ねた。

「ゲームでトーマが作ってくれたご飯が美味しくて、お腹が空いて仕方ないんだよ！」

いや、何言っているんだ、あいつ。

思わず洗い物をする手を止めて、厨房から顔を出す。

「お前、ログアウトした後で飯食っていないのか？」

「お父さんいないし、お母さんは忙しいからカップ焼きそば食べたけど、物足りないの！」

そういえば今日は早紀の家、新聞記者のおじさんは取材で出張中、漫画原作者のおばさんは締め切り前で修羅場中なんだっけ。だからカップ焼きそばなのか。

「というわけでトーマ、責任取ってご飯作って！　肉野菜炒め定食ね！」

「どういう理屈だ、それ」

約束通りゲーム内での飯を作ってやっただけなのに、何の責任が発生してそうなるんだ。

「おい斗真、早紀ちゃんのご指名だ。さっさと肉野菜炒め定食作れ」

「洗い物は？」

「アタシがやるからいいよ。早く作っておやり」

そう言って腕まくりをした祖母ちゃんが洗い場に入った。

仕方ない、いっちょやるか。

頭のタオルを締めなおして気合を入れたら、店で俺が出せる数少ない品の一つ、肉野菜炒め定食の調理を始める。

ゲーム内で作ったのとは違い、肉には下味が付いていて使う野菜の種類は豊富で油通しもして、味付けはうち特製のタレで仕上げるのが、中華桐谷で老若男女問わず注文が入る肉野菜炒めだ。

これに白飯とラーメン類にも使う鳥ガラ主体のスープ、それとザーサイを添えて、肉野菜炒め定食の完成。

「はいよ。肉野菜炒め定食な」

「わっほーい！」

カウンター越しに料理を置くと、待ちかねたと言わんばかりに割り箸を取り、肉野菜炒めをワッサワッサと食べて米をかっこんでいく。

「んー！　タレと脂が調和して肉も野菜も美味しい！　やっぱトーマの料理サイコー！」

「祖父ちゃんや父さんに比べれば、まだまだだろ」

「そうだろうけどさ、僕にはトーマの料理も凄く美味しいよ」

「そりゃどうも」

お世辞でも褒められるのは嬉しいけど照れる。

それを隠すために洗い場へ戻り、祖母ちゃんと交代して食器を洗う。

「おい三代目。褒めてくれているんだから、もっと喜んでやれよ」

「でないと未来の若女将を逃しちまうぜ」

『あっはっはっはっ！』

なにが未来の若女将か、この酔っぱらい連中が！

「えっ？　若女将になるのは、あの眼鏡を掛けた真面目そうな子じゃねぇのか？」

「いやいや、あのお嬢様っぽい胸のデカい子だろ」

「俺はあのちっこい子だって聞いたぞ」

あいつらともそういう関係じゃない。

どうしてそれを分かっていながら、そういう話をするかな、酔っぱらいってのは。

「トーマー。若女将になってあげるから、毎日好きなだけ唐揚げ様を食べさせて」

早紀も悪ノリするな！

周りの酔っぱらい連中がいいぞとか、式はいつだとか、大将に早く曾孫を見せてやれとか言っているぞ。

でもまあ、こうした光景は悪いものじゃない。

幼い頃からずっと見てきて、単に料理人になりたいだけでなく、この店を継いで続けていきたいと決めた光景だからな。

「というか、いいのか？　未来の若女将とか言われてさ」

「んー？　将来の選択肢の一つとしては有りかな」

「……その心は？」

「賄いで唐揚げ様を食べ放題！」

だと思ったよ、この花より団子で色気より食い気な、唐揚げだけでなく揚げ物全般が大好物の幼馴染め。

「でさ、どうだった？　ＵＰＯやってみて」

「……悪くはなかった」

本音は味も香りも食感も調理中の感触も、全部がリアルに伝わってきて楽しかった。

「もー、素直に楽しかったって言いなよ」

余計なお世話だ。

「でもさ、今日僕らが見たのはＵＰＯの世界のほんの一部だよ。あそこにはβ版の期間ぐらいじゃ明かすことができなくて、運営の関係者以外は誰も全容を知らない、とても広い世界が広がっているんだよ」

広い世界か。それは現実でも同じだな。

俺達が実際に見て知っている世界なんて、ほんの一部にすぎないんだから。

「実際の世界を全部見て回るとなったらすごく大変だけど、UPOの世界は時間さえ掛ければいくらでも見て回ることができるよ」

そりゃあ、ゲームだからな。時間を掛ければどこまでも行けるだろう。

「まだ日程すら決まっていないけど、公式イベントの開催も予定されているし、内容によってはその時にしか行けない場所へ行けるかもよ」

へぇ、公式イベント云々は知らないけど、そういう時にしか行けない場所もあるのか。

「だからさ、UPOの世界を僕らと一緒にどこまでも冒険しようよ。クラーケンの身があるってことは、少なくとも海はあるんだし」

海があるってことは、イカの他にも魚とカニとエビがいるってことか。

「でもって、現地で入手した食材で美味しいご飯をよろしく！」

言うと思ったよ、そういうこと。

だけどまあ、そういうのも悪くないかな。

ゲームだからこその食材も色々とあるだろうし、そういうのを探し求めてUPOの世界を旅して、色々な食材で料理を作るのもいいかもしれない。

「分かったよ。そっちこそ、戦闘は丸投げするから頼むぞ」

「任せといて！　あっ、そうそう。海で泳げそうな時は期待していてね。全年齢向けでポロリをすることは無いから、布面積がとても小さい水着とか露出具合が凄い水着があったら着てあげるから」

どうして昔からそう、一言余計なんだよ、お前は！

「おー、言うじゃねぇか早紀ちゃん。三代目、しっかり期待してやれよ」

『はははは っ！』

周りの酔っぱらい連中も、笑って煽るんじゃない！

【掲示板回】料理人は騒がれる

【生産は】生産者の集い ＰＡＲＴ４【爆発だ】

＊ここは生産職の方々が語るスレです
＊鍛冶、裁縫、製薬、料理、錬金、農業なんでもいいです
＊他者の生産失敗をディスるのはやめましょう
＊他人のオリジナルレシピを許可無く公開するのは禁止です
ｅｔｃ……

＋＋＋＋＋＋＋＋＋

４８７：キャップ
ようやく、落ち着いたな。

４８８：ミーカ
そうね。凄まじかったわ。
まさかこんなに早く４スレ目に入るなんて。

４８９：のん太
サラマンダーの料理人の話題だけで、スレがあっという間に埋まっていったからな。
あまりの早さに所々で会話が飛んで、読み返すのに苦労した。

４９０：ルフフン
まさに料理無双でしたからね。
おまけに水出しポーションっていう、美味しいポーションまで発見したんですから！

４９１：レイモンド
さっきまで騒いでいた連中、すっかりいなくなったな。

４９２：係長臨時代理補佐代行
俺みたいに残っているのもいるけどなー。

４９３：シャロル
はーい、私もいまーす！

４９４：キャップ
〉〉４９２ よく分からない変な立場の人が残ったな。

４９５：係長臨時代理補佐代行
別にいいじゃないか。
俺だって木工職人っていう、立派な生産職だぞ。

４９６：のん太
ならばよし。

４９７：ミーカ
それにしてもサラマンダーの料理人さん、本当に凄かったわね。
裁縫の練習でたまたま作業館にいたけど、見られるとは思わなかったわ。

４９８：シャロル
私はこの掲示板で調理中だと知って、見に行きましたー！
ファーマーとしては、育てた野菜をあんな風に使ってほしいです！

４９９：レイモンド

唐揚げ、肉野菜炒め、トマトソース煮込み、どれも美味そうだった。
でも一番は、焼いただけなのに凄く美味そうなクラーケンだな！
あっ、あの黒いスープは別な。

500：ルフフン
何言っているんですか！　一番は水出しポーションです！
お陰で美味しいポーションの道が開けたんですから！
それにあの黒いスープだって注目ですよ。
食材ハンターガールズの子達、美味しそうに飲んでいたじゃないですか。

501：キャップ
あのスープは美味そう以前の問題だろ！
見た目もそうだけど、飲んだ時の反応とか！
その食材ハンターガールズの子達、ヤバい薬でもやったみたいだったじゃないか！

502：係長臨時代理補佐代行
色々な意味で飯テロだったな。

503：のん太
香りからして美味そうという、良い意味での飯テロを起こす。
と思ったら、黒いスープというヤバい意味での飯テロも引き起こした。

504：ミーカ
まさか飯テロを実体験することになるとは思わなかったわ。

505：レイモンド
前に作った、揚げパンや熱した油を掛ける料理も美味そうだった。

５０６：シャロル
油を掛けるのは、バオっていう調理法らしいです。
爆と書いてバオです。

５０７：レイモンド
豆知識、あざっす！

５０８：春一番
俺のやらかしも許してくれたから、助かったぜ。

５０９：キャップ
おっ、前に凸ってやらかしたやつ。

５１０：のん太
凸撃の錬金術士だ。

５１１：ルフフン
おかえりなさい。
凸って食材ハンターガールズに言い負かされた、やらかしさん。
ついでに美味しいポーションの作り方は、彼が発見してくれました。
おまけに公衆の面前で発見したからと、広げる許可をくれました。
感謝感激です！

５１２：春一番
前スレで散々いじられたし、もう本人から許してもらったから勘弁してくれ！
あれは本当に、単なる知的好奇心からの行動だったんだから！

５１３：ミーカ
恥的好奇心？

５１４：係長臨時代理補佐代行
好奇心で動いて恥を掻いたんだから、そっちで合っているな。

５１５：春一番
だからやめてくれって！
正直､作業館でいつ謝ろうかすごくタイミングを計っていたんだぞ！

５１６：キャップ
そうしてやっとできた謝罪が、勢い任せのスライディング土下座か。
しかも手持ち金のほとんど全てを謝礼として差し出したんだって？
それで資金不足に陥って、生産活動が停止状態らしいじゃないか。
どうなんだね、凸撃の錬金術士殿？

５１７：春一番
うっせぇ、うっせぇ、うっせぇよ！
しばらくはギルドで労働系の依頼無双で、資金稼ぎじゃー！

５１８：レイモンド
サラマンダーの料理人さんの料理無双に比べれば、しょぼい無双だろうな。

５１９：ミーカ
彼の料理は香りだけで作業館にいたプレイヤー達を虜にしたものね。

５２０：係長臨時代理補佐代行
ＮＰＣ作の料理は美味くないからなおさらだ。
あと、食事をしている時の食材ハンターガールズの表情も無双だったよな。

５２１：のん太
〉〉５２０ それな！　メッチャ美味そうに食べていたよな！

５２２：キャップ
同意する。あれを見ているだけでも、満腹度とは無関係に腹が減る。

５２３：レイモンド
一体何段構えの飯テロをかましてくれるんだ、彼は。

５２４：シャロル
私、リスの男の子やクラゲの女の子と同じく、彼とフレンドになりたいです！
そして私の野菜で美味しいご飯を作ってもらいたいです！

５２５：ミーカ
私は彼とショタリス君が仲良く手を繋いだり、見つめ合ったりしている姿を見たいわ。
腐った妄想が滾って、凄くハァハァできそうだもの。

５２６：春一番
〉〉５２５　おい！　そういう話は専門の掲示板に行ってやれ！

５２７：ルフフン
〉〉５２６ ギルドに行って、労働系の依頼無双をするんじゃなかったんですか？

＋＋＋＋＋＋＋＋＋

【美味しいは】サラマンダーの少年料理人を語るスレ ＰＡＲ

Ｔ１【絶対正義】

＊ここはサラマンダーの少年料理人について語るスレです
＊本人さんから苦情が届いたら、大人しく解散しましょう
＊削除されないよう、ディス行為と未許可スクショは厳禁
＊彼の料理情報は共有しあいましょう
ｅｔｃ……

＋＋＋＋＋＋＋＋＋

７２５：薬吉
ちょっと待った！
彼の傍で見守り行為をするのは危険だと進言する！

７２６：ギョギョ丸
何故だ。もしや既に見守り隊がいるのか？

７２７：彫りゴン
もしそうなら話し合いの場を設け、同じ相手を見守る同士として会談しようじゃないか。

７２８：薬吉
そうじゃない。考えてもみろ。
彼を見守るというは、彼が料理をする近くにいるということだ。
すると、どうなると思う？

７２９：ラーヤ
どうなるっていうのよ？

７３０：薬吉

彼の料理の香りを、常に近くで嗅ぐってことだ。
さらに料理している様子を常に見つめることにもなる。
そして仲間の食材ハンターガールズが美味そうに食べる様子も見守る。
作業館で彼の料理を見て香りを嗅いで、どう思った？
食材ハンターガールズとそれを食べる様子を見て、どう思った？
そんなのを前に、正気を保っていられるのか⁉

７３１：赤巻布青巻布黄巻布
そ、それは……。

７３２：ギョギョ丸
言われてみれば、危険だ。

７３３：彫りゴン
香りだけで、調合失敗や鍛冶失敗が相次いだんだよな？

７３４：ニルル
香ばしい匂いで手元が狂って木工に失敗して、お皿が木屑になりました……。

７３５：ラーヤ
確かにあの匂いを嗅いだら、食べたい衝動に駆られるわ。

７３６：ギョギョ丸
俺は戦闘をほっぽり出してでも食いたい。
たとえ死に戻って、デスペナを受けようとも！

７３７：赤巻布青巻布黄巻布
こっちの満腹度は満タンでも、現実の方の腹は間違いなく空いている。

７３８：薬吉
そうだろう？
それを承知で、彼の傍で料理を見守り続けられるか？

７３９：ギョギョ丸
ぶっちゃけ、自信が無い。

７４０：彫りゴン
なんか謝っていた奴みたいにスライディング土下座して、飯をねだる未来が見える。

７４１：ニルル
〉〉７４０ それはいけません！　迷惑を掛ける行為は禁止です！

７４２：薬吉
〉〉７４１ の言う通り、見守ろうとしている俺達が迷惑を掛けたら本末転倒だ。

７４３：ギョギョ丸
彼はこのメシマズが蔓延る世界に現れた、希望の一人なのだから！
腕は亀の親方や吸血鬼の女将の方が上って聞くけど、俺は彼を推すぞ。

７４４：赤巻布青巻布黄巻布
そんな彼に迷惑を掛けずに見守るため、対策を講じる必要があるな。

７４５：ラーヤ
ちょうど彼はログアウトしたし、今のうちに見守り方法を考えましょう。

746：彫りゴン
しかし生産掲示板を読んで興味本位で見に行ったけど、想像以上だった。

747：ギョギョ丸
ジョブチャレンジでの焼き餃子……。思い出しただけで腹が鳴る。

748：彫りゴン
クラーケン、食ってみてー！　海はどこにあるんじゃー！

749：赤巻布青巻布黄巻布
唐揚げとザワークラウトの組み合わせは卑怯だ。
あの二つに酒があれば、無限に食える自信がある。

750：薬吉
いやいや、なんといっても彼の記念すべき第一作目、焼きうどんだろ。
それの香りにやられて薬作りに失敗した後、ログアウトしてスーパーへ買いに走った。

751：ニルル
私はあの黒いスープを飲んでみたいです。
見た目はアレですが、ビクンビクンするくらい美味しい味、興味深いです。

752：彫りゴン
スケルトンボアの骨を煮込んで作っていた、アレか。

753：ラーヤ
おどろおどろしい色だから、スケルトンボアの怨念で呪われるかと思ったわ。

７５４：赤巻布青巻布黄巻布
〉〉７５１ アレを飲んだ後の姿を見て、よく飲みたいって思えるな。
食材ハンターガールズ全員、中毒になっているみたいだったのに。

７５５：ニルル
それくらい、美味しいってことですよね！

７５６：薬吉
美味いことは美味いだろうけど、ちょっと勇気がいるな。

７５７：ラーヤ
ねえ、見守り方法の話をしなくていいの？

７５８：ギョギョ丸
はっ⁉

７５９：赤巻布青巻布黄巻布
あっ。

７６０：彫りゴン
しまった、つい。

７６１：ニルル
これも彼の作った料理が、美味しそうなのが悪いんです。

７６２：ギョギョ丸
料理せずとも、料理の話題に引きずり込むとは。

７６３：薬吉

しかもリス少年とクラゲ少女との話によると、まだ本職じゃないときた。

764：赤巻布青巻布黄巻布
金なら頑張って稼いでいくらでも出すから、彼の料理を是非一度食べてみたい。

765：彫りゴン
しかし彼は、料理を売り出すつもりは無いみたいだぞ。

766：赤巻布青巻布黄巻布
そういえば、そうだった……。

767：ニルル
リス君とクラゲちゃんにしていた会話ですね。
人伝にですがその話を聞いて、ちょっと衝撃を受けました。

768：薬吉
美味いだけじゃなくて、金も取れてこそ飲食店の料理か。

769：彫りゴン
誰かの受け売りなんだろうけど、実に深いな。
金を取る、の解釈は人それぞれだろうから、答えは一つじゃないっぽいし。

770：ギョギョ丸
何にしても、彼にとってあの料理はまだ不完全ということだ。
それでいてあんなに美味そうだなんて、なおさら味が気になる。
困っているところを助ければ、ご馳走してもらえるかな？

７７１：ニルル
それです！
彼が料理を狙う不届き者に絡まれたら、私達で助けてあげましょう。
ひょっとしたら、お礼にご馳走してくれるかも！

７７２：ラーヤ
だーかーらー！
そのためにも見守り方法について話しましょうって！

７７３：赤巻布青巻布黄巻布
ぐあっ⁉　またしても！

７７４：薬吉
ええい！　集中、集中だ！
我らが推す彼を見守るためにも、集中して話し合おう！

７７５：ギョギョ丸
彼に安心して料理を作ってもらうためにも！

７７６：彫りゴン
俺達でしっかり見守るんだ！

７７７：ニルル
そして困っている時は助けてあげましょう。

７７８：ラーヤ
もしもお礼をくれるのなら、あの揚げ饅頭を是非、ダイエット中のわたくしめに！

７７９：薬吉

〉〉７７８　おいこら、唯一真面目路線だったのに何を言っているんだ。

７８０：ドンブリコ
ちわっす！　初めまして！
自分も作業館で彼の料理に魅入られたんで、見守りに協力させてほしいっす！

７８１：彫りゴン
同志は大歓迎だ。

７８２：赤巻布青巻布黄巻布
よし、じゃあ早速見守り方法を議論しよう。
まずは、どれくらいの距離で見守るか意見を出し合おう。

７８３：ニルル
あっ、その前に彼の二つ名を決めませんか？
変なのを付けられる前に、私達で決めましょうよ。

７８４：ギョギョ丸
いいな、それ。誰か良い案はないか？

７８５：薬吉
では俺から提案させてもらう。
現時点で二つ名を付けられている料理プレイヤーは二人。
亀人族の爺さんが亀の親方。
気が強そうな吸血鬼の女が吸血鬼の女将。
それらと被らないよう、赤の料理長はどうだろうか？

７８６：ラーヤ

賛成よ。

787：赤巻布青巻布黄巻布
同じく。

788：彫りゴン
異論は無い。

789：ニルル
オッケーです。

790：ドンブリコ
賛成っす！

791：ギョギョ丸
俺も文句は無い。よって満票で彼の二つ名は赤の料理長に決定だ。
次スレからは、赤の料理長を語るスレとする。

＋＋＋＋＋＋＋＋＋

あとがき

当作品をご購入していただき、本編だけでなくあとがきまで読んでくださっている皆様。WEB版でご存じの方もそうでない方も、初めまして。斗樹稼多利と申します。

この度はご縁があり、こうして初めての書籍化と相成りました。

当作はクラスメイトの少女達の頼みでVRMMOに誘ってきた少女達のため、一切戦闘せずに料理ばかりする少年が主人公の物語となっております。

修業中の身で未熟な腕を少しでも鍛えるため、周囲を気にせず料理に打ち込む主人公と、その料理に群がり食材集めに励むヒロイン達の物語は始まったばかりです。

それとWEB版をご覧の方はお気づきでしょうが、書籍に当たりタイトルの変更と内容の加筆修正をしています。

その際に貴重なご意見をくださった担当編集者様、想像の中にしかいなかった登場人物達を上手に描いてくださった中林ずん様、そして出版に携わってくださった方々と購入者の皆様へ改めて感謝を述べ、締めの言葉とさせていただきます。ありがとうございます。

オーク肉や謎の木の実も
贅沢な一品に大変身！
料理ガチ勢な高校生の
グルメ無双が
まだまだ続く！

クラスメイトの
美少女四人に
頼まれたので、
VRMMO内で専属料理人をはじめました
斗樹 稼多利
ILL. 中林ずん
バフ効果もりもりの料理で
クエストを無双する
第2巻！
制作決定！

可愛すぎる激レア従魔と
楽しく冒険&無双！
コミックファイアにて
コミカライズ
連載スタート!!!
!!
ピピピ〜!♪
漫画：春夏冬 唯人

女神から孵化のスキルを授かった俺が、なぜか幻獣や神獣を従える最強テイマーになるまで

Author
まるせい
Illustrator
珀石碧

「小説家になろう」月間ランキング
1位
（[ハイファンタジー] 2023.9.2 時点）

「カクヨム」月間総合ランキング
1位
（2023.8 時点）

小説第2巻は今秋発売予定！

HJ NOVELS
HJN86-01

クラスメイトの美少女四人に頼まれたので、VRMMO内で専属料理人をはじめました 1

2024年7月19日　初版発行

著者——斗樹 稼多利

発行者—松下大介
発行所—株式会社ホビージャパン
〒151-0053
東京都渋谷区代々木2-15-8
電話　03(5304)7604（編集）
03(5304)9112（営業）

印刷所——大日本印刷株式会社

装丁——木村デザイン・ラボ／株式会社エストール

ISBN978-4-7986-3592-7　C0076

ファンレター、作品のご感想お待ちしております

〒151−0053　東京都渋谷区代々木2−15−8
(株)ホビージャパン HJノベルス編集部 気付
斗樹 稼多利 先生／中林ずん 先生